문병선 창작 동화집

하느님도 실수를 해요?

문병선 창작 동화집

하느님도 실수를 해요?

2024년 12월 23일 초판 1쇄 인쇄 발행

지 은 이 ㅣ 문병선
펴 낸 이 ㅣ 박종래
펴 낸 곳 ㅣ 도서출판 명성서림

등록번호 ㅣ 301-2014-013
주   소 ㅣ 04625 서울시 중구 필동로 6 (2, 3층)
대표전화 ㅣ 02)2277-2800
팩   스 ㅣ 02)2277-8945
이 메 일 ㅣ msprint8944@naver.com

값 15,000원
ISBN 979-11-94200-52-9

문병선 창작 동화집

하느님도
실수를 해요?

문병선

도서 명성서림

문병선文炳善

● **작가약력**

- 전라남도 영암에서 출생
- 제50회 월간 아동문예 작품상 동화 당선(1992년 10월)
- (사단법인) 한국문인협회 회원(현재)
- (사단법인) 한국아동문예작가회 회원(현재)

- 前(전) 한국문인협회 영암지부 이사
- 前(전) 한국문인협회 구리지부 사무국장, 이사
- 前(전) 한국아동문학인협회 회원
- 前(전) 한국아동문예작가회 상임이사, 부회장
- 前(전) (사단법인)한국아동문예작가회 기획위원
- 前(전) 영암문학동인회 회원
- 前(전) 영암달문학동인회 회장
- 前(전) 아동문학시대 동인
- 前(전) 동화문학시대 동인
- 前(전) 한국동화문학인회 회원
- 前(전) 아동문학사랑회 회원
- 前(전) 남도문학회 회원

- 제7회 우수창작동화20(공저, 대교출판, 2000.)
- 하늘에서 노는 아이(공저, 아동문예, 1992.) 외
- 한국교직원공제회 특별회원 10인의 자서전 출간 프로젝트
  온 몸으로 희망을 말하다(자서전, 한국교직원공제회, 2018.)

경암京岩 문병선文炳善

● **작가약력**

- 전라남도 영암에서 출생
- 서울특별시 중랑구 교육발전위원회 부위원장(현재)

- 前(전) 경기도교육청 제2부교육감
- 前(전) 경기도교육청 교육국장
- 前(전) 경기도의정부교육지원청 교육장
- 前(전) 경기도성남교육지원청 교수학습국장
- 前(전) 경기도교육청 장학관(인사담당)
- 前(전) 경기도 성남시 늘푸른초등학교 교장
- 前(전) 경기도교육청 장학사
- 前(전) 경기도가평교육청 장학사
- 前(전) 경기도 이천시 한내초등학교 교감
- 前(전) 경기도 남양주시 진건초등학교 외 11개교 교사
- 前(전) 대진대학교 교육대학원 강사
- 前(전) 청주교육대학교 강사
- 前(전) (학교법인) 유신학원 이사
- 前(전) (재단법인) 경기교육장학재단 이사장
- 前(전) 경기도학교안전공제회 이사장
- 前(전) 한국교원교육학회 부회장

- 황조근정훈장(2018. 2. 28.)
- 대통령 표창(2011. 5. 15.)
- 경기도 남양주시 시민의 날 모범교사상(2000. 10. 5.)
- 문교부장관 표창(1988. 4. 21.)

더 아름다운 세상을 꿈꾸며

그간 나의 마음속에만 담아두고 있던 동화책을 늦게나마 세상에 내놓는다. 그동안 발표했던 23편의 동화들을 한데모아 엮어서 늦둥이로 세상에 내놓는다.

나는 어린 시절 할아버지께서 들려주시는 많은 전래동화를 들으며 자랐다. 그리고 1975년 2월 교육대학을 졸업하고 교사가 되었다. 그리고 여러 문학단체에 가입하여 많은 문인들과도 만났다. 이것들이 내가 오늘까지 동화를 통해 어린이들의 마음을 키우는 작가로서 활동할 수 있었던 바탕들이라고 말할 수 있겠다.

내가 살아온 지난 70여년은 격변의 시기였다. 한 마디로 빠르게 살기 좋은 세상으로 바뀌었다. 그렇지만 모든 것들이 다 아름답게 변한 것은 아니다. 이제 내가 세 아이의 할아버지가 되었지만, 내가 손자들과 함께 살지 않기에 동화를 들려 줄 수 없다. '국민학교 교사'였던 나는 어느새 '초등학교 교사'가 되어 있었고, 근무지를 따라 소속 문학단체도 여럿 바뀌었다. 어느 것 하나 그대로인 게 없다고 생각해도 좋을 만큼 세상이 변한 것이다.

그런 속에서 하나둘 내놓은 동화들이라서 요즈음 세상과는 동떨어진 동화들도 있을 수 있다. 그래도 작품들을 정성들여 조금씩 다듬어서 부끄럽지만 세상에 내놓는다.

동화집이 나오기까지 가족들의 도움이 컸다. 큰아들이 모든 걸 기획했고, 나의 아내와 둘째 아들의 응원이 함께 했으며, 그리고 세 명의 손자들이 그림을 그려서 힘을 보탰다. 참으로 감사한 일이 아닐 수 없다.

이런 동화들이 사랑하는 나의 손자들은 물론이고, 티 없이 맑고 고운 우리 어린이들의 마음을 키우는데 조금이라도 도움이 되었으면 좋겠다. 그리고 살기 좋은 나라로 발전한 대한민국이 더 아름다운 세상으로 나아가는데 보탬이 되기를 꿈꾸어 본다.

2024년 폭염 속에 서울 중랑골에서

저자 문병선 씀

차례

쌍둥이 만세

아침 햇살이 풋풋한 사과처럼 싱그럽게 쏟아지고, 개구리의 뜀박질에 풀숲의 이슬이 소나기처럼 내리는 이른 아침에 쌍일이와 쌍남이는 즐거운 마음으로 학교를 향하고 있었습니다.

"형아야, 오늘 미술시간 끝나고 잊지 말아라. 이잉?"

"그래. 너도 수학시간 끝나고, 각도기와 컴퍼스 주는 것 잊지 마라."

6학년에 올라와서 쌍일이와 쌍남이는 학교 다니는 일이 이렇게 신이 날 수가 없었습니다. 그도 그럴 것이 가난한 집안의 쌍둥이 형제인 이들은 5학년 때까지 쭈욱 같은 반이었기 때문에 공부시간에 필요한 물건들을 준비하는데 어려움이 많았습니다. 그냥 한 벌만 준비해서 서로 돌려가며 쓰거나, 다투다가 아예 준비를 못해서 멍하니 앉아있는 때가 많았습니다. 그

럴 때면 공부시간을 망치거나 선생님께 꾸중을 듣기 일쑤였
는데, 6학년에 올라와서는 서로 다른 반이되었기 때문에 한
벌만 준비를 해도 서로 빌려 쓸 수가 있게 되었으니, 여간 편
리한 게 아니었습니다.

더욱이 오늘같이 준비물이 척척 해결되는 날에는 더욱 신
이 났습니다. 이런 날에는 만나는 친구가 있으면 반가운 아침
인사를 열 번이라도 할 만큼 기쁜 날인데, 너무 이른 등굣길
이기 때문인지 만나는 친구가 없는 게 조금 아쉬울 뿐입니다.

교문이 가까워졌을 때였습니다. 길을 재촉하던 쌍남이가
날듯이 상쾌한 자기 기분을 억제하지 못하고 갑자기 길바닥
에서 돌멩이 하나를 집어 들었습니다. 그리고는 힘껏 잰 다음,
맑고 푸른 하늘을 향해 힘차게 돌팔매질을 하였습니다. 푸른
하늘을 가르며 한참을 날던 돌멩이는 어린 벼들이 새파랗게
자라고 있는 못자리의 한복판에 곤두박질쳤습니다.

"아이고 쌍남아. 너 왜 그러냐? 누가 볼까 무섭다."

쌍일이는 놀란 토끼눈을 하고는 사방을 둘러본 다음, 목소
리를 죽이고 걱정스럽게 말했습니다.

"아무도 안봤은깨 괜찮해야."

쌍남이는 파리를 잡아먹고 난 두꺼비처럼 아무 일도 없었

다는 듯 손을 툭툭 털면서 말했습니다.

"누가 보건 안보건 그것은 잘못한 일이랑깨."

"그랑깨 누가 잘 했다고 하냐?"

형의 충고에도 쌍남이는 조금도 지지 않으려고, 꼬박꼬박 말대꾸를 합니다.

"그럼 너 잔소리하지 말고, 저 논에 들어가서 니가 던진 독 뎅이 당장 끄집어 내."

"형아 니가 하고 싶으면 해라. 나는 학교나 갈란다. 힝힝 힝……."

쌍남이는 형의 꿋꿋한 말에도 전혀 아랑곳하지 않고, 꿀을 떠먹은 듯 삼켜버리고 뾰쪽 내민 돌 같은 대꾸를 던졌습니다. 그리고는 그것도 모자라는지 입까지 삐쭉 내밀고는 빈정거리는 투로 '힝힝힝'이라는 이상한 소리와 함께 징그러운 웃음까지 내보인 다음, 학교 쪽으로 쏜살같이 달려가 버렸습니다.

"쌍남아! 저 놈의 자식, 콰악!"

쌍일이는 화가 머리끝까지 치밀었지만, 달아난 동생을 어떻게 할 수 없음을 깨닫습니다. 그리고는 곧 사방을 두리번거렸습니다. 저 멀리서 어떤 아저씨 한 분이 삽을 어깨에 걸친 채 걸어오고 계시는 모습이 보였습니다.

"나라도 꺼내야 할 텐데……. 어쩌지? 에라, 모르겠다."

잠시 멈춰 서서 혼잣말을 하던 쌍일이도 어쩔 수 없다는 듯 포기를 하고, 학교를 향해 달음질을 쳤습니다. 그러나 왠지 뒤통수와 가슴은 무엇에 한 대 얻어맞은 것처럼 무겁고 찜찜 했습니다.

'에이! 쌍남이 이 자식⋯⋯.'

첫째시간이 끝나고 쌍일이는 쌍남이가 컴퍼스와 각도기를 가져오기를 기다렸으나, 도무지 소식이 없었습니다. 귀를 기울여 봐도 쌍남이네반이 조용한 걸 보면, 수업이 아직 끝나지 않았음이 분명합니다. 문을 열고 들어가고 싶은 마음이 굴뚝같았지만, 차라리 기다리기로 했습니다. 왜냐하면 쌍남이네 선생님은 어�찌나 엄하시던지 잘못했다간 혼만 날 것이 뻔하기 때문입니다.

쌍일이네반 아이들의 대부분은 쌍남이네 선생님에게 한두 번쯤 혼쭐이 났던 경험이 있기 때문에 학교 안에서는 무서운 선생님으로 통하고 있었습니다. 복도를 지나면서 뛰다가 걸리면, '너 이리와. 손 허리에 붙이고, 발뒤꿈치 들고, 복도 저 끝까지 오십 번 왔다 갔다 해.' 하는 말씀이 영락없이 떨어지고 맙니다. 쌍일이는 고개를 설레설레 흔들었습니다.

그렇다고 무턱대고 기다릴 수만은 없었습니다. 쌍일이는 용기를 내어 쌍남이네반 복도로 살금살금 가봤습니다. 생각했던 대로 호랑이 같은 쌍남이네 선생님의 수학시간은 계속되고 있었습니다.

쌍일이는 걱정이 되어 몸을 숨긴 채 유리창 한 쪽으로 머리를 삐쭉이 내밀고, 조심스럽게 쌍남이를 쳐다봤습니다. 잘못했다가는 '머리를 삐쭉이 내미는 일'을 오십 번이나 해야 할지도 모르는 일이었습니다. 그러나 다행히도 쌍남이네 선생님은 칠판에 무엇인가를 그리고 계셨습니다.

그때 쌍남이도 쌍일이에게 건네주어야 할 컴퍼스와 각도기를 걱정하고 있었던지, 복도 유리창에 비친 쌍일이의 얼굴을 금방 알아보고는 각도기를 슬쩍 흔들면서 걱정하지 말라는 듯 눈을 깜박거렸습니다. 쌍일이는 조금 안심이 되어 씽긋이 웃어 보이며, 손가락으로 자기 교실로 가있겠다는 시늉을 하고 교실로 돌아왔습니다.

그런데 교실에 들어서자마자 벌써 둘째시간을 시작할 시각이 다 되었는지 선생님께서 준비물 검사를 하시겠다고 나서시는 것이었습니다. 쌍일이네반 선생님은 아직 결혼을 않으신 여자 선생님이신데, 야무지고 꼼꼼하셔서 공부시작 삼 분 전이면 준비물들을 미리 점검하십니다. 그리고 준비물을 가져오지 않은 학생에게는 '사랑의 매'라는 글자가 쓰여진 예쁘게 꾸민 작은 막대기로 손바닥을 가볍게 두 대씩 때리십니다. 그리고 그날 한 번이라도 걸린 학생은 오후에 남아서 당번활동까지

하고 가야했습니다.

'오늘은 꼼짝없이 손바닥을 맞게 되는구나! 당번활동도……'

이런 생각을 하고 있을 때, 선생님께서 쌍일이 앞에 떡 서셨습니다. 쌍일이는 힘없이 두 손을 내밀었습니다. 선생님은 어김없이 손바닥을 딱딱 때리셨습니다.

쌍일이의 두 눈에서는 구슬 같은 눈물이 뚝뚝 떨어졌습니다. 손바닥이 그리 아프지는 않았지만, 그것보다는 지금까지 선생님께 잘 보이고 싶어서 노력해왔던 모든 일들이 물거품이 된 것 같아서 슬펐습니다.

수요일의 '위생의 날'이면 선생님께 잘 보이기 위해 손을 시멘트 바닥에 문질러가면서 닦았던 일, 아침 당번이 되는 날이면 아침밥도 설치고 학교로 뛰어갔던 일, 교실을 아름답게 꾸미는 날에는 가겟집 아저씨께 통사정을 해서 예쁜 달력을 구해왔던 일, 만들기 준비물을 챙기느라 친구의 책가방을 들어다주며 고무풀을 준비했던 일 등이 모두 한순간에 비를 맞은 모래탑처럼 무너져 내리는 것 같았습니다.

쌍일이는 공부시작 벨이 울리는 소리에 정신이 번쩍 들었습니다. 그때 선생님의 말씀이 이어졌습니다.

"오늘은 두 사람이 준비물을 가져오지 않았습니다."

예쁜 선생님의 상냥한 목소리가 귓가를 때렸습니다. 그 말씀은 꼭 '오늘은 정신 빠진 놈이 두 놈이 있었어요.' 그렇게 말씀하시는 것 같았습니다.

다행히 혼자가 아니긴 했지만, 쌍남이네 선생님이 미웠습니다. 쉬는 시간에 쉴 수 있도록 수업을 끝내주지 않았기 때문에 이런 일이 일어났다고 생각되었기 때문입니다.

담임선생님도 미웠습니다. 정말 너무 하신 것 같았습니다.

'6학년에 들어와서 처음으로 준비물을 가져오지 않았으니, 그 까닭이나 좀 물어보실 일이지…… 꼭 이런 때가 오기를 기다리기나 하신 것처럼…….'

생각이 거기에 이르니, 자기 자신도 미웠습니다.

'동생 쌍남이가 곧 가져올 것이라고 말씀이라도 드려볼걸…….'

이런저런 생각들이 꼬리에 꼬리를 물고 일어나서 머릿속은 쓰레기장처럼 뒤범벅이 되어 수학시간 내내 공부를 제대로 할 수가 없었습니다.

쌍일이는 수업이 끝난 뒤에도 좀처럼 머릿속이 정리되지 않았습니다. 그러다가 번개처럼 퍼뜩 머리를 스치는 일이 있었습니다.

'그래 맞았어! 쌍남이 이 자식이 아침부터 남의 못자리에 돌을 던지더니……. 그래서 이런 일이 생긴 거야. 아침에 혼을 내줬어야 하는데…….'

쌍일이는 집에 돌아갈 때, 동생 쌍남이를 혼내주기로 굳게 마음먹었습니다.

미술시간이 되었는데도 쌍일이는 수학시간의 일이 잊혀지지 않고 되살아났습니다. 잊어버리려고 애를 쓸수록 용수철처럼 튀어 올라서 거친 파도가 되어 밀려왔습니다.

'아무래도 쌍남이도 혼이 나야 해.'

그래서 쌍일이는 쌍남이에게 미술시간 준비물인 그림물감을 주지 않고, 감춰두려고 마음먹었습니다. 마치 쌍남이가 호랑이 같은 자기 담임선생님께 혼나는 모습이 보이는 것 같았습니다.

'그래야 죄를 지은 쌍남이가 벌을 받은 셈이제. 나는 못자리에 던진 돌을 꺼내라고 하였는데…….'

그렇게 생각을 정리하고 나니, 쌍일이는 분이 반쯤 풀리는 것 같았습니다. 입가에는 엷은 미소까지 흘러내렸습니다. 미술시간 그림도 타래실 풀리듯 술술 잘 그려지는 것 같았습니다.

두 시간 동안 열심히 그린 그림이 완성되자, 쌍일이는 그림 물감을 감추어야겠다고 생각했습니다.

'그런데 어디다 감추지?'

아무리 생각해봐도 감출만한 곳이 마땅치 않았습니다. 수업시간이 끝나고 벨이 울리면 점심시간이므로 쌍남이가 곧 찾아올 것이기 때문입니다.

'에이! 그냥 쌍남이에게 줘버릴까? 내가 당했다고 쌍남이까지 골탕을 먹여? 일부러 그런 것도 아닌데……'

아까는 화가 나서 그런 생각까지 했었지만, 그렇게까지 하는 것은 어쩐지 비겁하다는 생각도 들었습니다. 그리고 어쩐지 마음이 편치 않았습니다.

'에라, 모르겠다.'

쌍일이는 미술용구들을 책상 속으로 힘껏 밀어 넣었습니다. 쌍남이가 가져가던지 말든지 모르겠다는 투였지만, 마음 속으로는 쌍남이가 가져가주기를 은근히 바라고 있었습니다. 만약 안 가져가면, 자기가 가져다줄 생각도 했습니다.

'그러면……. 나만 벌을 받은 것인가?'

뭐가 잘못된 것 같기도 했습니다. 그때 갑자기 어머니께서 늘 하시던 말씀이 생각났습니다.

"느그 둘은 쌍둥이지? 느그들을 본래 한 몸이었는디, 둘로 나누어진 것이여! 그러니까 생긴 것도 비슷하냐안? 그래서 한 사람이 잘못하면, 둘이 똑같이 욕을 먹는 것이여! 그랑깨 어째야 쓰것냐? 무슨 일이든지 서로 도와주고, 잘못을 하면 서로서로 못하게 말려야 쓴다. 알것냐?"

5학년 때 담임선생님께서도 쌍일이와 쌍남이는 원래 한 사람으로 태어날 것인데, 둘로 나뉘어져서 각각 자랐기 때문에 쌍둥이로 태어난 것이라고 하신 적이 있었습니다.

'그래. 쌍남이가 잘못했어도 내가 벌을 받을 수도 있는 것이여!'

그렇다고 쌍일이는 쌍남이를 온전히 용서할 생각은 아니었습니다. 이따가 집에 돌아갈 때 단단히 혼내줄 참이었습니다. 논과 밭에 목숨을 거신 것처럼 일에 매여 사시는 아버지와 어머니를 생각해서라도 남의 못자리에 돌을 던지는 따위의 일은 없어야 하니까요.

그러나 얄미운 쌍남이는 형의 이런 마음을 아는지 모르는지 점심시간에 쌍일이의 교실에 들어와서 미술용구들을 슬그머니 가져가버렸습니다.

오후 수업을 마치고 집에 돌아가기 전에 쌍일이는 당번활동까지 하여야 했습니다. 다른 시간에 준비를 안 해온 사람도 있어서 다섯 명이 함께 당번활동을 했지만, 생각할수록 다시 화가 났습니다.

당번활동을 모두 마치고 교실 문을 나서니, 여느 날처럼 기다리고 있어야할 쌍남이는 보이지 않았습니다. 다른 때 같으면 기다리고 있다가 '형아야, 얼른 와야!' 했을 텐데 말입니다. 더욱 힘이 빠진 쌍일이는 죄 없는 운동장의 돌맹이들만 발로 툭툭 차며 홀로 교문을 나섰습니다.

그때 갑자기 어디서 튀어나왔는지 쌍남이가 쌍일이 앞을 가로막고 섰습니다. 아마도 형을 놀려주려고 교문 뒤에 숨어 있었나 봅니다. 쌍일이는 깜짝 놀라서 멈칫거리다가 곧 쌍남이임을 확인하고는 다시 기운이 솟아나서 큰 목소리로 말했습니다.

"너, 이리 와봐."

"형, 미안해."

쌍남이는 머리를 긁적이며 정말 죄인이나 된 것처럼 눈을 내리깔고 쌍일이의 눈치를 살폈습니다.

"내가 너 때문에……."

"미안해! 다 들었어. 손바닥을 맞고, 당번활동까지 한다는 것……. 그런데 각도기를 갖다 줄 수가 있어야제."

쌍일이는 평소에 그렇게 당당하던 동생 쌍남이가 까닭 없이 발을 비벼대며 눈치를 살피는 모습이 안쓰럽게 보이기까지 했습니다. 동생을 혼내주려던 쌍일이의 마음은 조각난 불티처럼 천천히 사그라졌습니다.

"이런 일이 일어난 것은 니가 아침에 남의 못자리에 돌을 던져서 벌을 받은 것이여! 알것냐?"

"그래?"

쌍남이는 일부러 깜짝 놀란 것처럼 눈을 크게 뜨더니, 갑자기 있는 힘을 다해 논둑길로 달음질쳐 갔습니다. 그리고는 아침에 돌을 던졌던 못자리로 들어가서 이리저리 첨벙거리고 다니더니, 두 손을 번쩍 들고 소리쳤습니다.

"아침에 던진 돌에 이자를 붙여서 두 개나 꺼냈으니, 내일은 학교에 가면 선생님께 칭찬받것제?"

독립만세를 부르고 있는 것 같은 쌍남이의 번쩍 든 두 손에는 주먹만한 돌멩이가 쥐어져 있었습니다. 서쪽 산으로 달려가던 해님이 가던 길을 멈추고, 붉은 얼굴을 내밀며 환하게 웃고 있었습니다. 밝게 웃고 있던 쌍일이와 쌍남이의 얼굴도 이른 저녁놀에 물들어 해님을 닮아가고 있었습니다. ■

☞ **작가의 말**

옛날 우리나라에서는 세·네·다섯 명 등의 특이한 다태아(쌍둥이)를 출산한 경우에 여러 생명이 한꺼번에 태어난 것을 축하하고, 아기엄마의 출산 노고를 위로하며, 아이들 모두가 사회 구성원으로 건강하게 자라기를 바라면서 나라에서 곡식을 내렸다는 기록이 있습니다. 그러나 옛날 우리 민간에서는 쌍둥이는 결코 상서로운 존재가 아니었습니다. 특히 '남녀'로 성별이 다르게 태어난 '이란성 쌍둥이'의 경우에 '여자 아이'는 더욱 서러운 존재였다고 합니다. 그런데 이제는 시대가 바뀌어 의사의 도움을 받으면서 수많은 쌍둥이들이 남녀를 가리지 않고 축하를 받으며 태어나고 있습니다. 그리고 가끔은 세쌍둥이·네쌍둥이를 낳기도 하여 우리 사회의 뉴스가 되고, 많은 사람들의 부러움의 대상이 되기도 합니다. 그야말로 '쌍둥이 만세'가 아닐 수 없습니다.

쥐돌이의 모험

"쿵……."

커다란 창고의 문이 천천히 닫히며 햇빛을 삼켜버리더니, '쿵'소리와 함께 창고 안에 짙은 어둠이 밀려왔습니다.

"휴우우우!"

낯선 창고 안 곡식더미 속에서 바르르 떨고 있던 쥐돌이는 긴 한숨을 내뿜아 쉬었습니다. 그러나 아직도 쥐돌이의 가슴은 콩당콩당 방망이질을 해대고 있었습니다. 열려진 창고의 문으로 평소에 자기가 생각했던 대로 창고 속으로 들어와서 몸을 숨기기는 했지만, 한참을 잽싸게 뛰어 온데다가 처음 맞이하게 된 창고 속이 두렵기도 했기 때문입니다.

차츰 시간이 흐르면서 어둠에 눈이 익혀지자, 쥐돌이는 서서히 창고 안을 돌아다녀 보았습니다. 곡식포대 사이로 다니는 일은 숨바꼭질을 하는 것 같아 재미도 있었습니다.

창고 속은 쥐돌이가 평소에 생각했던 것보다 훨씬 넓은 세상이었습니다. 그리고 한쪽으로만 곡식포대가 쌓여 있을 뿐, 다른 많은 곳이 텅텅 비어 있었습니다.

한참 곡식더미를 지나자, 통로가 나오고 그 통로의 바닥으로 밝은 빛이 들어오고 있었습니다. 밝은 빛이 들어오는 곳은 어레미 밑바닥 같은 철망으로 막혀 있기는 했지만, 바깥과 공기가 통할 수 있도록 만들어놓은 환기구멍이었습니다. 밖을 내다보니, 엄마 쥐와 함께 다니던 낯익은 도랑창이 내다보였습니다.

쥐돌이는 갑자기 엄마 쥐와 형제 쥐들이 생각났습니다. 함께 보리논으로 보리를 까먹으러 가던 길에 열려진 창고의 문을 발견하고, 엄마 쥐와 형제 쥐들의 눈을 피해 창고 속으로 들어온 쥐돌이였지만, 아빠 쥐도 없이 고생하며 자기를 키워주신 엄마 쥐와 언제나 함께 웃으며 뛰어놀던 형제 쥐들을 잊을 수는 없는 일이었습니다.

'내가 없어졌으니, 야단이 났을 텐데…….'

그런 생각을 하고 있는데, 누군가가 등을 툭툭 치며 말했습니다.

"너, 누구니? 못 보던 앤데?"

쥐돌이가 깜짝 놀라서 뒤를 돌아다보니 쥐돌이와 같은 또
래의 아기 쥐 한 마리가 밝게 웃으며 서 있었습니다.

"으응? 나?……. 조금 전에 들어왔어."

"아까 문이 열렸을 때 들어온 모양이구나."

창고 속에 자기 혼자만 있는 것이 아닌가하고, 은근히 두려

워하고 있던 쥐돌이는 아기 쥐가 무척 반가웠습니다. 엄마 쥐의 말대로 '이 세상 어느 곳이던지 쥐들이 못 돌아다니는 곳은 없는가보다'는 생각도 했습니다.

"난 쥐돌이라고 하는데, 넌?"

"쥐돌이? 좋은 이름이구나! 난 그냥 아기 쥐야."

쥐돌이와 아기 쥐는 금방 친해질 수 있었습니다. 그래서 쥐돌이는 자기의 이름은 자기가 살던 주인집 아들인 '돌이'의 이름을 본떠서 엄마가 특별히 지어준 이름이며, 자기 집에는 엄마 쥐와 네 명의 여자형제 쥐들이 함께 살고 있었다고 말해주었습니다.

"너희 아빠는 안 계셔?"

"아빠 쥐? 엄마에게 들은 이야기인데, 우리 아빠는 나를 비롯한 다섯 남매들이 이 세상에 태어나던 날, 엄마에게 맛있는 음식을 가져다주시겠다고 집을 나가신 후 소식이……."

"그랬구나! 그런데 넌 어쩌려고 이곳에 들어왔니?"

아기 쥐는 쥐돌이가 이곳 창고 안에 들어온 까닭이 궁금한 모양이었습니다.

"난 진즉부터 창고 속이 무척 궁금했고, 한 번 들어와 살아보고 싶었어."

"왜에? 왜 창고 속에서 살고 싶었는데?"

아기 쥐는 쥐돌이가 창고 속으로 들어온 까닭이 궁금하고 신기한지 고개를 갸우뚱거리며 자꾸 물음을 던졌습니다.

"바깥세상이 무서웠어. 먹을 것도 얼른 구할 수 없는데다가 사람들이 사는 집에는 고양이와 개들이 있고, 들에는 족제비도 있어서 먹이를 발견했더라도 마음대로 먹을 수가 없었어. 우리를 잡기 위해 사람들이 곳곳에 독이 묻은 먹이도 놔두고 있고……."

"……."

"그런데, 넌 어떻게 들어왔니?"

"응, 난 이곳에서 태어났어. 그렇지만 바깥세상에 대해서는 아빠와 엄마께 이야기를 많이 들었지. 그렇지만 밖이 그렇게 무서운 세상인지는 몰랐어."

쥐돌이의 이런저런 이야기를 더 듣고도 아기 쥐는 그래도 못 믿겠다는 듯 고개를 갸웃거리며 말했습니다.

"그런데 이상하단 말이야."

"아기 쥐야, 무엇이 이상해?"

아기 쥐는 무엇이 이상한지 자꾸 고개를 갸우뚱거렸습니다.

"쥐돌이 넌 바깥세상이 무서워서 이곳으로 들어 왔다고 하지만……. 그런데, 이곳에 계시는 어떤 아저씨 한 분은 자꾸 밖으로 나가려고만 하시거든."

"어떤 아저씨인데?"

쥐돌이는 아기 쥐에게 그 아저씨 쥐에 대해 자세한 이야기를 들었습니다. 그 아저씨 쥐는 어느 날 갑자기 고양이에게 쫓기다가 이 창고 속으로 들어오게 되셨다고 어른들께 들었고, 들어오신 그날부터 밖으로 나갈려고만 궁리하시다가 요즘은 조금 덜 하신다는 것이었습니다.

실제로 오래 전에 그 아저씨 쥐는 공기구멍인 철망을 뚫고 나가기 위해 이마를 수없이 부딪혀서 피를 흘리는 것을 아기 쥐는 자기가 보았다고 말했습니다. 어른 쥐들의 말씀에 의하면, 들어와서 며칠 안 되었을 때부터 그런 일이 가끔 있었다는 말을 들었다고도 했습니다.

그런데 쥐돌이 말대로 바깥세상이 그렇게 무섭고 살기 힘든 곳이라면, 그 아저씨 쥐는 왜 자꾸 나가려고만 하시는지 알 수가 없다는 것이었습니다.

쥐돌이도 그 아저씨 쥐가 이상하게 생각되었습니다. 그리고 그 아저씨를 꼭 한번 만나보고 싶었습니다.

그때 쥐돌이는 갑자기 배가 고팠습니다. 집을 나선지가 꽤 오래 되었으니, 배가 고플 때도 되었습니다. 아기쥐와 이런저런 이야기를 하다가 배고픔을 잠시 잊었을 뿐이었습니다. 쥐돌이는 앞발로 자기 옆의 곡식 포대를 잡아 뜯듯 긁어댔습니다.

"너, 뭐하니? 배가 고픈가보구나?"

"응, 먹을 것 좀 꺼내 보려고……."

"그러지 말고 이리 와봐. 저리 같이 가보자."

아기 쥐가 데리고 간 한쪽 구석에는 이미 구멍을 내놓은 포대가 있었고, 포대의 구멍에서 긁어 내놓은 벼들이 수북이 쌓여있었습니다. 아기 쥐의 말에 따르면, 포대 속의 곡식들을 그냥 먹으면 바싹 말라있어서 딱딱하기 때문에 먹기가 어렵다는 것이었습니다. 그래서 아기 쥐 식구들은 이곳 창고바닥에 포대 속의 벼 알들을 미리 꺼내어두었다가, 벼 알들이 조금 촉촉해지면 먹는다는 것이었습니다.

쥐돌이는 아기 쥐의 말을 들으면서 창고바닥에 꺼내진 벼 알들을 정신없이 까먹었습니다. 아기 쥐의 말대로 벼 알들이 조금은 눅눅해져있어서 먹기가 수월했습니다.

"누구야? 누가 우리 먹을 것에 손을 대?"

벼를 까먹고 있던 쥐돌이의 등 뒤에서 누군가가 소리쳤습니다. 쥐돌이는 깜짝 놀라서 뒤를 돌아다보았습니다. 거기에는 세 마리의 예쁜 아기 쥐들이 서 있었습니다. 아기 쥐의 형제들이었습니다.

"으응, 우리 친구야! 아까 창고 문이 열렸을 때 들어왔대!"

"그래? 그렇지만 안 돼. 이것은 우리 식구들의 먹이야. 엄마 아빠의 허락도 없이……."

그 말을 들은 쥐돌이는 서러웠습니다. 갑자기 눈시울이 뜨거워지면서 눈물이 쏟아지려고 해서 그 자리에 있을 수가 없었습니다. 집에 있을 엄마 쥐와 형제 쥐들이 생각났습니다.

쥐돌이는 아기 쥐가 부르는 소리를 뒤로하고 달음질쳤습니다. 공기구멍이 있는 데에 이르자, 환한 바깥세상이 내다보였습니다. 엄마와 함께 다니던 낯익은 도랑창이 보였습니다. 쥐돌이의 두 눈에서 눈물이 주르르 흘러내렸습니다. 그러나 그 눈물을 닦아 줄 사람은 아무도 없었습니다.

한참을 울던 쥐돌이의 눈이 번쩍 빛났습니다. 도랑창을 지나가는 엄마 쥐와 형제 쥐들을 발견한 것이었습니다.

"엄마아……."

쥐돌이가 울먹이며 엄마를 부르는 소리에 엄마 쥐와 형제 쥐들 모두가 뒤를 돌아다보았습니다.

"엄마, 여기! 나, 쥐돌이!"

엄마 쥐와 여자형제 쥐들이 철망을 바투 쥐고 창고의 안쪽에 있는 쥐돌이를 발견하고는 모두 모여들었습니다.

"쥐돌이 너……. 설마설마 했더니……."

엄마 쥐는 창고 속에 대해 궁금해 하며, 자꾸 이것저것을 물어보던 쥐돌이가 사라졌기에 여러 가지 생각을 했었나봅니다. 엄마 쥐는 더 이상 말을 잇지 못했습니다.

"엄마, 나 어떻게 해?"

형제 쥐들도 쥐돌이를 바라보며, 창고 밖에서 발을 동동 굴렀습니다.

"뭘 어떻게 해. 네가 좋다고 스스로 그 창고 안으로 들어갔으면서……."

엄마 쥐는 잔뜩 화가 나서 냉정하게 돌아서며 말했습니다. 그리고는 쥐돌이의 여자형제들을 때리듯 떠 밀치며 집으로 향했습니다. 쥐돌이는 엄마 쥐와 형제 쥐들이 점점 멀어져가는 것을 조금이라도 더 오래 보려고 발버둥을 쳤지만, 창고의 벽이 이를 가로막았습니다. 그리고 곧 형제 쥐들이 애타게 쥐돌이를 부르며, 울먹이는 소리까지도 가로막아 들리지 않게 되었습니다.

쥐돌이는 한참을 혼자 울다가 깜빡 잠이 들었습니다. 쥐돌이가 눈을 떴을 때는 새로운 하루가 시작되고 있었습니다. 눈을 비비던 쥐돌이는 자신이 창고 속에 있음을 깨닫고는 사방을 두리번거렸습니다. 그러다가 커다란 어른 쥐 한 마리가 떡 버티고 서있는 모습을 발견하고는, 깜짝 놀라서 몇 걸음을 뒤로 물러섰습니다.

"쯧쯧쯧 철없는 자식……. 임마, 여기가 어디라고 들어와?"

"……"

쥐돌이가 정신을 차리고 자세히 보니, 얼굴 이곳저곳에 마른 핏자국과 상처가 많이 보이는 아저씨였습니다. 아마도 아기 쥐에게 들었던 바깥세상으로 나가기 위해 공기구멍인 철망에 박치기를 여러 차례 해댔다는 그 아저씨 쥐인 것이 분명해 보였습니다.

"아저씨가……"

"임마, 조용히 해. 너 같은 애는 혼이 좀 나야 돼."

아저씨 쥐는 쥐돌이에 대하여 모든 것을 알고 있는 듯 말씀하셨습니다. 목소리가 그리 크지는 않았지만, 쥐돌이는 저절로 무서워서 몸을 사렸습니다. 아직은 덜 나은 얼굴의 상처 때문이기도 했지만, 던지는 말이 굵고 거칠어서 더욱 무서웠습니다. 쥐돌이는 뒷걸음질로 슬금슬금 도망을 쳤습니다.

얼마 후 아기 쥐네 식구들이 모아두었다는 벼들이 수북이 쌓인 곳에 이르자, 배가 몹시 고픔을 느꼈습니다. 쥐돌이는 아기 쥐네가 준비해둔 촉촉한 곡식들을 먹고 싶었지만, 어제 일을 생각하며 꾹 참고 그 옆의 다른 구멍이 뚫린 포대에서 벼를 까먹었습니다.

"휴우."

한참을 먹고 나니, 긴 한숨이 나왔습니다. 바싹 마른 먹이를 먹어서인지 목이 몹시 말랐지만, 꾹 참아야 했습니다. 물이 없는 창고 속에서는 어쩔 수 없는 일이었습니다.

쥐돌이는 다시 공기구멍이 나있는 곳으로 가서 철망 사이로 바깥세상을 내다봤습니다. 혹시 도랑창으로 지나가는 엄마 쥐와 형제 쥐들이라도 볼 수 있을까 싶었기 때문이었습니다.

그러나 아무리 기다려도 엄마 쥐와 형제 쥐들의 모습은 보이질 않았습니다. 가끔 도랑창을 흐르는 희미한 물소리가 들려오고, 시원한 한 줄기의 바람이 불어올 뿐이었습니다.

"너 뭐하려고 철망에다 눈을 가져다 붙이고 있어?"

그 무서운 아저씨 쥐의 목소리였습니다.

"엄마가 보고 싶어요. 형제들도……. 목도 마르고요."

"……."

쥐돌이의 목소리가 두려움과 슬픔에 싸여 무척 처량하게 들렸습니다. 무서운 아저씨 쥐도 아무 말이 없었습니다.

"제가 잘못 한 것 같아요! 아니, 잘못했어요!"

"에구! 그런 말은 너희 엄마 아빠께나 해라. 이 철없는 것아!"

"아저씨, 제가 잘못했어요."

쥐돌이는 울면서 말했습니다. 그리고 자기의 슬픔을 이기지 못하고, 갑자기 아저씨 쥐의 품속으로 뛰어들었습니다. 아저씨 쥐는 무슨 생각을 했는지 쥐돌이를 꼬옥 껴안아 주시면서 등을 토닥거렸습니다. 그리고 다정한 목소리로 말했습니다.

"얘야, 그만 울거라, 자꾸 울면 물만 먹고 싶어져."

"아저씨, 전 어떻게 해요?"

"어떻게 하긴? 나가야지. 어떻게든 살아서 여기를 나가야지."

아저씨 쥐는 혼잣말처럼 속삭였습니다. 그러나 그 말 속에는 단단한 차돌 같은 굳은 결심이 들어있었습니다.

그 뒤로도 쥐돌이는 철망에 눈을 대고 바깥세상을 내다보며 밝은 낮을 다 보냈지만, 엄마 쥐와 형제 쥐들의 모습은 보이질 않았습니다. 만나면 반갑게 '목이 마르니, 물도 좀 떠다주라'고도 말하고 싶은데 말입니다.

쥐돌이는 밤이 되어서도 기다리는 일을 포기하지는 않았습니다. 그러다가 지쳐서 철망 밑에서 스르르 잠이 들었습니다. 그러나 쥐돌이는 깊은 잠을 잘 수 없었습니다. 발을 헛디디어 낭떠러지로 떨어지는 꿈을 꾸다가 벌떡 일어났습니다. 그리고 사방을 두리번거렸지만, 밤의 고요함만이 은하수를 따라 흐르고 있을 뿐이었습니다.

그때였습니다. 어디선가 쥐돌이를 부르는 소리가 들려왔습니다. 쥐돌이가 밖을 내다 봤을 때에는 꿈에도 그리던 형제쥐들이 옹기종기 모여 서있었습니다.

"엄마는?"

"……"

"엄마느은?"

"……"

쥐돌이는 형제 쥐들이 아무 말이 없자, 엄마 소식을 더욱 애타게 물었습니다.

"엄마는 쥐돌이 네가 그 창고 속으로 들어간 걸 아신 뒤로는 밖으로 나가시지도 않고, 끙끙 앓고 계셔. 그리고 우리들도 꼼짝 못하게 해. 지금은 엄마가 잠든 사이에 먹을 것을 조금이라도 구해 오기 위해 밖에 나왔다가 여기에 들른 거야."

"……"

쥐돌이는 엄마 쥐가 아픈 것은 모두 자기 때문이라고 생각하니, 할 말이 없었습니다.

"나, 물이나 좀 떠다 줄래?"

"목이 마른가 보구나!"

쥐돌이의 여자형제들이 힘을 합해 나뭇잎에 물을 떠왔습니다. 그렇지만 창고 안에 든 쥐돌이가 그 물을 먹는다는 것은 쉬운 일이 아니었습니다. 쥐돌이는 형제들이 떠온 물을 보고, 더욱 목이 말라서 발버둥을 쳤지만, 한 모금의 물도 마실 수가 없었습니다.

여러 생각 끝에 쥐돌이의 여자형제들이 떠온 물을 철망 위에 힘껏 뿌렸습니다. 그러자 쥐돌이는 철망을 타고 흐르는 물을 미친 듯이 받아먹었습니다. 형제 쥐들의 도움으로 목을 축인 쥐돌이는 목마름이 풀리자, 인제 조금 살 것 같은지 말을 이어나갔습니다.

"엄마께 내가 여기서 꼭 나갈 것이니, 기다리시라고 말씀드려."

"어떻게 나오려고?"

"그렇게만 말씀드려. 꼭 나갈 거야!"

"……"

그날 이후 쥐돌이는 밖으로 나갈 결심을 굳히게 되었습니다. 바깥세상의 어려움을 생각하며 조금 편히 살기 위해 창고 속을 생각해 내었고, 실제로 들어오게 되었지만, 막상 들어와 보니 그만한 크고 작은 어려움은 이 세상 어디든지 있는 것 같았습니다. 무엇보다도 가족과 떨어져 사는 것이 가장 큰 고통임을 깨닫게 되었습니다.

창고 밖으로 나갈 생각을 굳힌 쥐돌이는 아저씨 쥐를 찾아가 자기의 생각을 말씀드렸습니다. 아저씨 쥐는 쥐돌이의 등을 다독거리기만 하실 뿐 아무 말씀이 없었습니다. 쥐돌이는 아저씨 쥐의 품에 안겨 스르르 잠이 들었습니다. 아저씨 쥐는 곤히 잠든 쥐돌이의 모습을 지켜보며 자기가 바깥 세상에 나가는 날, 쥐돌이도 꼭 함께 데리고 나가야겠다고 다짐하고 있었습니다.

사실 아저씨 쥐의 머릿속에는 창고를 빠져나갈 생각들로 꽉 차 있었습니다. 요즈음 자주 창고 문이 열리는 것을 보면, 창고 속에 어떤 변화가 올 것 같은 생각이 들었으니까요.

그러나 그때마다 뛰쳐나가는 쥐들을 노리며 어슬렁거리는 고양이가 문제였습니다. 쥐돌이가 창고 속으로 들어오던 날이 밖으로 나갈 수 있는 참 좋은 기회였었는데, 아저씨 쥐가 그때는 철망을 뚫고 나가려다가 크게 다쳐서 도저히 나갈 수가 없었습니다. 이제 몸도 거의 나았으니, 또 다시 기회가 온다면 기어코 바깥세상으로 나가야겠다고 다짐하고 있었습니다.

아저씨 쥐는 쥐돌이를 꼭 껴안고서 잠을 청했습니다. 그날 이후 쥐돌이는 아저씨 쥐의 곁에 항상 붙어살았습니다.

밤이면 형제 쥐들이 어김없이 찾아와 물을 떠다가 뿌려주므로 목마름도 이겨낼 수 있었습니다. 그럴 때마다 쥐돌이는 힘이 불끈불끈 솟아오르는 것 같았습니다.

그러던 어느 날 아침이었습니다. 아침부터 창고 주위가 시끄러웠습니다. 경운기의 요란한 소리, 거기에 많은 사람들의 오고가는 소리들이 알아들을 수 없는 여러 가지 소리와 섞이어 그야말로 난리가 난 듯 소란스러웠습니다.

그도 그럴 것이 이날은 정부에서 보리를 사들이는 날이었습니다. 아저씨 쥐는 오늘이야말로 바깥세상으로 나갈 수 있는 좋은 기회라는 것을 금방 알았습니다.

"얘, 오늘이다."

쥐돌이는 시끄러운 소리에 정신이 팔려 바깥에서 무슨 일이 일어나고 있는지 궁금해 하던 참이었는데, 아저씨 쥐가 등을 사정없이 치면서 말했습니다.

"무엇이 오늘이어요?"

"너와 내가 헤어져야 할 날! 바깥세상으로 나가야 할 날!"

아저씨 쥐의 목소리는 그 어느 때보다 밝고 힘이 배어 있었습니다.

"내가 뛸 때 너도 힘껏 뛰어라. 뒤도 돌아보지 말고, 무조건 뛰어……. 그리고 고양이를 조심하고……."

쥐돌이는 아저씨께서 창고 밖으로 나갈 때 어떻게 해야 하는지, 또 고양이를 주의하라는 말을 들으면서 갑자기 덜덜 떨었습니다. 그렇지만 한편으로는 엄마 쥐와 형제 쥐들을 만나게 될 것이라는 생각 때문에 가슴이 콩당콩당 뛰고 설레었습니다.

그러나 한편으로는 아저씨 쥐와 헤어질 생각을 하니 섭섭하기도 했습니다. 아기 쥐와 그 형제들 생각도 났습니다.

그때였습니다. 창고의 문이 열리려는지 문이 덜커덕거렸습니다. 아저씨 쥐는 쥐돌이의 손을 잡아 이끌더니, 문 쪽에서 제일 가까운 포대 뒤로 몸을 숨기셨습니다.

"아저씨, 우리가 바깥세상으로 무사히 빠져나가면, 오늘 저녁에 한 번 만나요. 우리의 많은 추억이 담긴 저기 공기구멍 앞에서요."

"그러자. 꼭 한 번 만나자."

아저씨 쥐는 쥐돌이의 손을 꼬옥 쥐며, 말씀하셨습니다.

"가자! 이때다."

그 소리와 함께 아저씨 쥐가 앞장서서 열려진 창고의 문밖으로 뛰기 시작했습니다. 쥐돌이도 아저씨의 뒤를 따라 있는 힘을 다해 힘껏 뛰었습니다.

바깥엔 이곳저곳에 곡식 포대들이 줄을 지어 창고로 들어올 차례를 기다리고 있었습니다. 쥐돌이는 여러 곡식 포대 사이를 지나서 창고 옆 도랑창까지 무사히 빠져나왔습니다.

"쒸이히."

긴 한숨 소리가 휘파람이 되어 터져 나왔습니다. 한참 뒤, 쥐돌이는 엄마 쥐와 형제 쥐들이 함께 있을 돌이네 마당 구석의 쓰러져 가는 짚단더미 근처에 이르자, 눈물이 나오려고 했습니다.

"엄마, 저 쥐돌이가 왔어요."

쥐돌이가 엄마를 부르며 짚단더미 속으로 뛰어들자, 식구들이 우르르 몰려들었습니다.

"앗, 아저씨!"

창고 속의 그 아저씨 쥐도 놀란 얼굴을 하고, 식구들과 함께 쥐돌이를 맞았습니다. 엄마 쥐는 얼굴이 무척 해쓱해 보였습니다. 울고 있던 엄마 쥐가 갑자기 두 볼에 흘러내리는 눈물을 훔치며 말했습니다.

"너희 아버지시다. 인사드려라."

"아저씨가……? 우리 아버지?"

짚단더미 속의 쥐돌이네의 좁은 방안은 진한 울음소리와 웃음소리가 바깥세상의 시끄러운 소리들과 어우러져 작은 합창을 만들어내고 있었습니다.

무사히 바깥세상으로 빠져나가면, 오늘 저녁에 만나자던 창고 속의 아저씨 쥐와 쥐돌이의 약속은 바깥세상에서 아빠 쥐와 귀여운 아들 쥐가 되어 지켜지려는가 봅니다. 창고 쪽에서 여러 대의 경운기 소리가 요란스럽게 밀려와 이런 쥐돌이네를 감싸주고 있었습니다. ■

> ☞ **작가의 말**
>
> 사람은 사람답게 살기 위해서 끊임없이 배우고 익히는 삶을 추구합니다. 그래서 우리는 누구든지 학교에 다니고 있고……. 또 많은 책을 읽고(독서), 세상 곳곳을 돌아다니며(여행), 또 새롭게 배우고 익힙니다. 그 과정에서 내게 궁금한 것도 생기고, 또 해결을 해나가기도 합니다. 그 과정에서 미처 생각하지 못한 여러 가지 어려움이 함께 할 수도 있습니다. 실수를 할 수도 있습니다. 그러면서 우리 모두는 천천히 성장해 갑니다. 다른 동물들도 그러할까요?

우리들의 이야기

　아저씨는 이른 아침부터 운동장 구석구석을 열심히 쓸고 있었다. 사방이 높은 산으로 둘러싸여 손바닥만 하게 보이는 하늘이 구름으로 가득 차 마음까지 찌뿌듯하였다.

　"아저씨, 안녕하세요?"

　아이들 몇이 지나가면서 아침 인사를 했건만, 아저씨는 대꾸도 없이 운동장만 열심히 쓸었다. 다른 때 같았으면, '그래, 빨리들 오는구나!' 하고 정답게 아침 인사를 나눴을 아저씨인데, 오늘은 빗자루만을 열심히 움직일 뿐이었다.

　세찬 겨울바람도 함께 비질을 해댔다. 넓은 운동장을 휘저어서 작은 지푸라기 같은 것까지도 말끔히 쓸어다 운동장 구석에 모아 주었다.

　"고맙구나! 바람아."

"씨잉 씨이잉."

아저씨의 희미한 목소리를 금세 바람이 받아갔다. 그러나 아저씨는 실제로는 조금도 고마워하는 것 같지 않았다. 힘도 없어 보였다. 마치 깨끗이 청소를 해놓은 뒤, 집을 나가려는 사람처럼 보였다.

오늘따라 학교 운동장엔 하루 종일 세찬 바람이 몰아쳤다. 가끔 눈발이 날리기는 했지만, 운동장 어느 구석에도 눈이 쌓인 곳은 없었다. 그리고 차가운 골바람만이 씽씽 지나가는 텅 빈 운동장을 하루 종일 아저씨가 어슬렁어슬렁 혼자서 지키고 있었다. 별로 쓸어야할 곳도 없는 것 같은데, 아저씨는 빗자루를 들고 이곳저곳을 쓸고 다녔다. 마치 오늘만은 운동장에 쓰레기가 하나도 있어서는 안 된다는 생각인 듯 보였다. 전교생이 육십팔 명인 이 산골 학교는 오늘따라 무척 쓸쓸해 보였다.

한참 후 아저씨는 비질을 멈추고, 무엇을 찾는 것처럼 두리번거리더니 커다란 돌 하나를 주워서 깔고 앉았다.

"휴우우……."

땅이 꺼질 것 같은 긴 한숨을 내몰아 쉬던 아저씨는 미끄럼틀 쪽을 바라보며 담배를 피워 물었다. 아이 하나가 책가방을 등에 맨 채 미끄럼틀 위에서 놀고 있었다. 춥지도 않은지 아이는 즐거운 모습이었다.

"허, 그놈. 엊그제 서울에서 전학 온 이학년 석이 녀석 같은데?"

아저씨는 그 아이가 서울에서 전학 온 것은 물론, 이름이 석이라는 것까지 알고 있었다. 아저씨의 얼굴에 작은 웃음이 번지더니 곧 멈췄다. 그리고 담배 연기만 어지럽게 흩날렸다.

"그 땐 저기도 언덕배기였지……."

아저씨는 무슨 생각이 났는지 미끄럼틀 쪽에서 눈길을 떼지 않고, 혼자 중얼거렸다.

"그래, 그때가 좋았어. 학교가 날로 새로워졌었으니까!"

아저씨의 얼굴에 갑자기 웃음꽃이 무지개처럼 피어올랐다. 아저씨는 손으로 턱을 괴고 앉아 구름이 가득 낀 하늘을 쳐다보았다. 바쁘게 움직이는 구름들이 아저씨의 이런저런 생각들을 이어주고 있었다. 얼굴에 벙긋 웃음이 계속 번져나갔다. 턱을 받치고 있는 손끝에서는 담배연기가 미꾸라지처럼 헤엄을 치고 있었다. 아저씨의 얼굴은 한없이 행복해 보였다.

아저씨가 다시 미끄럼틀 쪽에 눈길을 주었을 때는 혼자서 놀고 있던 석이가 두 손에 입김을 호호 불어 넣으면서 아저씨가 앉아있는 양지바른 쪽으로 걸어오고 있었다. 아저씨는 벌떡 일어나서 석이에게로 다가갔다.

"이런 쯧쯧……. 추운가 보구나!"

조금 전까지도 즐겁게 놀고 있는 것 같던 석이의 입술은 파랗게 질려 있었다. 아저씨는 석이의 손을 잡고 바람이 덜 부는 양지쪽의 꽃밭 앞으로 데리고 가서 자리를 잡았다.

"진즉 이리 와서 놀라고 할 걸 그랬구나!"

"아저씬 추운데 무얼 하세요?"

"너야말로 추운데 무엇을 하고 있었느냐?"

"우리 마을 종철이 형을 기다리고 있었어요?"

"사학년 종철이? 같이 가려고야?"

"약속을 했거든요."

"약속? 너하곤 학년이 다른데?"

"그래도 마을이 같으니까, 같이 가기로 했어요."

"너희 마을의 학생은 두 명 뿐이니까 그러면 좋겠지만, 오늘같이 추운 날은……."

"그래도 기다릴 수 있어요."

항상 먼 길을 혼자서 다니던 종철이가 좋아는 하겠다고 생각은 되었지만, 한편으론 어린 석이가 너무 고생을 하는 것 같왔다.

"옛날엔 너희 마을도 학생들이 많았었지!"

"아저씬 저희 마을에 대해 잘 아세요?"

"알다 뿐이냐? 너에 대해서도 잘 알고, 너희 아버지도 잘 알지!"

"예? 우리 아빠도요?"

"암. 너희 아버지 학교에 다닐 때, 공부 참 잘했었다"

석이는 아저씨가 아빠의 이야기를 꺼내자, 바싹 다가앉았다. 눈이 동글동글해지며 빛이 났다.

"일등 했어요?"

"일등 했지! 달리기도 잘 했고!"

"달리기도 일등?"

"그렇지! 그 때는 면내에서 우리 학교 당할 학교가 없었다."

석이는 아빠가 일등이었다는 아저씨의 말씀에 신이 났다. 추위도 저 멀리 달아나는 것 같았다. 아저씨의 눈빛도 석이처럼 빛났고, 목소리도 어느 때보다 힘이 있어 보였다.

"그 때는 학생 수도 많았나요?"

"많았었지. 아마 오백 명 가까이 되었었지?"

"그런 걸 아저씨는 어떻게 다 아세요?"

아저씨는 자기가 이 학교의 첫 번째 졸업생이라고 말씀하셨다. 그리고 석이 아빠가 학교에 다닐 때도 이 학교에서 근무하고 있을 때였었다는 것을 석이에게 설명해 주셨다.

석이의 눈이 운동장을 한 바퀴 돌고 있었다. 많은 학생들의 응원 속에 아빠가 운동장을 일등으로 달리는 모습을 그려 보았다. 아저씨는 석이와 운동장을 번갈아 보면서, 학생들이 왁자지껄하게 떠들어대던 그때의 소리들을 잡아내서 듣고 계시는 것 같았다.

한참 후 두 사람은 눈이 마주쳤다. 석이가 먼저 씨익 웃었다. 아저씨도 따라서 소리 내어 웃었다.

"그런데 너 종철이 기다리느라고 혼난다?"

"그런 건 문제없어요."

"문제없다니, 무슨 소리냐?"

"전 서울에서 아빠 엄마 기다리는데 선수였거든요!"

서울 말씨로 또박또박 대답하는 석이가 왠지 2학년 꼬마 같지 않았다.

"집에 돌아오시는 시간이 늦으셨는가 보구나!"

"저 혼자서 숙제를 하고, 밥도 혼자 먹고……. 그러고 있으면 돌아오세요. 어떨 때는 기다리다 잠이 들어 버리기도 하고요."

아저씨는 석이의 말을 더 듣지 않아도 석이의 서울 생활을 짐작하고도 남음이 있을 것 같았다. 오죽했으면 유난히도 추운 겨울을 보내야 하는 이곳 산골의 노인네들께 석이를 내려보냈을까 생각하니, 더 묻고 싶지 않았다.

"너희 할아버지와 할머니께서 기다리시겠는데?"

"그런데 종철이 형이 아직 안 나왔잖아요?"

"그럼, 우리 그 때까지 좀 더 이야기를 나눌 거냐?"

석이도 그랬지만, 아저씨도 석이와 이야기를 나누는 것이 재미있었다.

아저씨는 자기가 졸업한 학교이고, 지금도 몸을 담고 있는 이 학교를 자기 몸과 조금도 다를 게 없다고 생각으로 아끼고 돌보며 살아 왔었다. 다른 사람들은 이 학교를 두메산골의 보잘 것 없는 작은 학교라고 생각할지 모르지만, 아저씨는 어떤 큰 책임감 같은 것을 느끼고 있었다. 자기가 첫 회 졸업생인데다가 직장생활도 이곳에서 처음 시작하여 지금까지 계속 근무하고 있으니, 당연히 그럴 수밖에 없었다. 더욱이 학교 구석구석 어디든지 자신의 손길이 닿지 않는 곳이 없었던 것이다.

그런데 그런 이 학교가 새 학기부터는 학생 수가 적다는 이유로 분교가 된다는 소식을 어제 들었다. 진즉부터 분교가 될 것이라는 소문은 있었지만, 막상 분교가 된다고 생각하니, 말 못할 큰 설움이 가슴을 짓눌렀다. 더욱이 분교가 되면서 선생님 수도 줄어들어서 한 분의 선생님이 두 학년을 가르치게 되는 학급도 생기게 된다고 한다.

그런데 속없는 아이들은 무엇이 그리 좋은지 그냥 뛰어다니기만 하고, 선생님들도 다른 학교로 가면 된다는 것인지, 별로 크게 걱정하는 것 같아 보이지 않았다. 속마음이야 어떻든 적어도 아저씨의 눈에는 모든 게 그렇게 보였다.

분교가 된다는 소문이 퍼진 뒤, 고장 사람들도 살림이 웬만한 집에서는 진즉부터 아이들을 전학 보낼 생각만 하고 있으니, 정말 마음이 답답할 뿐이었다. 이래가지고 학교가 어떻게 될 것인지 아저씨는 머리가 잘 정리되지 않았다. 모든 것이 마땅치 않았다.

그래서 아침부터 어떤 일에도 심드렁했었는데 석이와 이야기를 나누다보니 이제는 조금 마음이 풀리는 것 같았다. 모두들 떠나려는데, 석이는 여기를 찾아온 싱그러운 손님이었기 때문이다.

"서울의 너희 아버지하고 어머니는 보고 싶지 않니?"

"아빠 엄마는 보고 싶지만, 저는 이곳이 좋아요."

"여기 아이들은 분교가 된다고 다들 전학가려고 야단들인데도?"

"도시로 가면 다 좋은가요?"

"……."

"그런다고 사람이 되나요?"

"뭐어?"

"저는 학생 수가 적은 이곳에서 선생님께서 가르쳐 주시는 것을 확실히 알 수 있었어요!"

"네 말이 맞다"

"몰라서 선생님께 여쭤보면, 하나씩 자세히 가르쳐 주시거든요!"

"그렇지?"

"저는 이곳에서 우리 아빠처럼 공부도 잘 하고, 달리기도 잘 하는 학생이 될 거예요."

"암, 그래야지!"

"반드시 그렇게 될 거예요. 그리고 아빠처럼 이 학교를 졸업할 거예요. 또 아저씨처럼요."

"아저씨처럼? 이 아저씨처럼 되면 안 되고……"

그때였다. 마이크 소리가 학교 구석구석에 요란스럽게 울려 퍼졌다.

"교내방송입니다. 박 주사님! 교내에 계시면 직원실로 오십시오. 전화가 왔습니다. 거듭 알립니다……."

아저씨가 전화를 받고 다시 꽃밭 앞으로 돌아왔을 때, 석이는 그 자리에 없었다.

"허어, 그놈. 2학년치고는 대단한 놈이여! 즈그 아버지를 닮았어."

유난히도 까맣고 초롱초롱한 눈동자를 굴리며 또렷한 서울 말씨로 야무지게 얘기하던 석이의 얼굴이 아저씨의 눈앞에 동그라미를 그리며 어른거렸다.

"참, 그 녀석……. 도시로 가면 다 좋은가요?……. 그런다고 사람이 되나요?"

아저씨는 머릿속으로 혼자 석이가 했던 말들을 자꾸 되뇌고 있었다. 그리고 혼잣말처럼 중얼거렸다.

"그래, 네 말이 맞다. 분교만 되면 아이들을 전학시키겠다는 숙희 아버지, 양호 아버지……. 분교가 되니 전학시켜 달라고 졸라댄다는 성희, 윤수, 민희……. 정말로 그런 욕심이 있다면 여기서 부려 봐라. 공부를 더 잘 하게 될 것이다."

하루 종일 꽉 막혀 답답했던 가슴이 조금 뚫리는 것 같았다. 운동장 구석구석이 아저씨의 눈 속으로 하나둘 빨려 들어갔다. 저만치에서 두고 왔던 빗자루가 누운 채로 세찬 겨울바람에 비틀거리고 있었다. 아저씨는 빗자루를 집어 들고, 바람에 흩어진 것들을 다시 모으기 시작했다.

"앞으로 운동장 청소는 모두 내가 할 것이다. 너희들은 모

두 공부나 열심히 해라. 전학을 가는 아이들도 모두 여기 자
식들이다만……. 그래도 너희들이 뭣이든지 더 잘 해야지."

아저씨가 있는 힘을 다 내고 있었다.

'이런 일들이 우리나라 어느 곳에서 또 일어나고 있을까?'

아저씨의 고개가 저울질을 해댔다.

'누가 알아줄 것이냐? 우리들의 이 이야기를……. 누구에게
하소연 할 것이냐? 우리들의 이 산골이야기를…….'

아저씨의 손이 더욱 바쁘게 움직였다. 빗자루의 억센 발들
이 운동장에 깊은 금을 긋고 있었다. 어느새 학교 운동장에도
짙은 어둠이 밀려오고 있었다. ■

☞ **작가의 말**

요즘 교통이 불편한 깊은 산골은 말할 것도 없고, 시골의 많은 학교들이
분교가 되고, 폐교가 되고 있습니다. 일부 도시의 학교도 예외가 아닙니
다. 학교가 없어지면서 어떤 일이 벌어지고 있을까요? 안타깝게도 학교
가 없어지면서 지역사회의 공동화도 빠르게 진행되고 있음을 봅니다.
학교가 학생들이 공부만 하는 곳이 아님을 보여주고 있습니다. 이 이야
기를 지금은 분교가 되었다가, 다시 폐교가 되어버린 이름 없는 작은 산
골 학교의 어린이들에게 바칩니다. 그들의 앞날에 큰 축복이 있기를 바
랍니다.

할머니의 손자

언제나처럼 오늘도 찬우는 다리께에서 찬우가 돌아오기만을 손꼽아 기다리고 계시던 할머니와 만났습니다.

"할머니, 학교에 다녀왔습니다."

"그래, 고생했다. 이리 주라."

할머니는 언제나 맡겨 놓은 것이나 있으신 것처럼 대뜸 '이리 주라'고 하는 말부터 시작하십니다. 그러자 찬우는 서슴없이 책가방을 할머니께 드립니다. 찬우의 친구들은 부러운 듯 눈을 크게 뜨고, 찬우를 바라보고 있었습니다.

이런 모습을 처음 보는 사람은 찬우 할머니께서 '무엇을 달라'고 하시는지 얼른 알 수 없는 일이지만, 이제는 찬우의 친구들을 비롯해서 알 만한 사람들은 거의 다 아는 일이 되어버렸습니다.

찬우 할머니께서는 거의 날마다 다리께의 길목에서 찬우가 돌아올 시각에 맞춰 나와 기다리고 계시다가, 찬우의 책가방을 받아 들고 집으로 들어가시는 것이었습니다.

일밖에 모르고 억척스럽게 사시던 찬우 할머니셨지만, 조금 늦게 맏손자를 보신 까닭인지 찬우를 집안의 대들보라고 하시며 끔찍이 귀여워 해주셨습니다.

작년부터는 힘이 없으셔서 농사일은 멀리 하시고, 잔 일만 하시게 되었는데, 그때부터 찬우의 책가방을 받으러 나오시기 시작했습니다.

찬우는 몇 번이고 그만 두시라고 말씀을 드렸지만, 할머니께서는 자기가 좋아서하는 일이니 걱정하지 말라고 하시며, 오히려 공부나 열심히 하라고 타이르시는 것이었습니다.

처음엔 심심하셔서 그럴 것이라고 생각하고 '며칠 그러시다가 마시겠지'했는데, 이제는 '의례히 그러시려니' 하고 포기한 지 오래 되었습니다. 오히려 할머니께서 마중을 나오지 않으신 날이면 집에 무슨 일이 있는 것은 아닌지, 혹시 편찮으시지나 않은지 궁금하다 못해 걱정이 되고, 때로는 괜히 짜증까지 났습니다.

그러던 어느 날 도덕 시간이었습니다. 부모님께 효도하는 방법에 대한 토의가 벌어졌습니다. 토의가 거의 끝나갈 무렵, 갑자기 현일이가 손을 들고 말했습니다.

"선생님! 만약에 자기 책가방을 자기가 들고 가지 않고, 할머니나 엄마, 아빠께 들고 가게 한다면, 그것은 옳은 일일까요?"

"와와 하하하……."

갑자기 교실이 웃음바다가 되었습니다. 금방 모두들 찬우의 얼굴로 눈길이 모아졌습니다. 갑자기 아이들의 눈길이 하나둘 모아지자, 찬우는 고개를 푹 숙인 채 울상이 되었습니다. 금방이라도 울음이 터질 것 같은 얼굴이었습니다.

그때 상혁이가 일어서서 말했습니다.

"그것은 경우에 따라 다르다고 생각합니다. 억지로 어른께 들고 가라고 하는 경우와 스스로 즐거우셔서 하시는 경우는 다르다고 생각합니다."

"일 년 내내 들고 다니셔도 말입니까?"

다시 교실이 웅성거렸습니다. 선생님께서 정리 말씀을 하셨습니다.

"그런 일은 상혁이 말대로 여러 경우가 있을 것입니다. 그러나 여러분은 이제 5학년입니다. 스스로가 충분히 판단할 수 있는 시기입니다. 오늘 공부한 것을 토대로 여러분 스스로 자기의 효도 생활을 정리해 보시기 바랍니다."

이런 일이 있은 후, 찬우 할머니께서 찬우의 가방을 들어다 주시는 일은 5학년은 물론, 학교 안에 쫙 퍼졌습니다. 그리고 이 일 때문에 찬우가 친구들과 다투는 날이 많아졌습니다. 말로 다투다가 어떤 때는 서로 주먹질을 하기도 했습니다.

장난이 심한 어떤 아이들은 찬우를 보면, 지팡이를 짚고 다니시는 찬우 할머니의 흉내를 내기도 했습니다. 때로는 효도라는 말이 무엇인지도 모르는 아이라고 놀려댔습니다. 그런 날은 찬우에겐 하루 종일 우울한 날일 수밖에 없었습니다.

아무리 마중을 나오시지 않도록 말씀드려도 날마다 나오시는 할머니를 어떻게 할 수가 없었습니다.

"할머니, 저도 이제 많이 컸어요. 저 혼자 충분히 다닐 수 있으니, 오늘은 마중 나오지 마셔요? 아셨지요?"

"그래, 알았다."

그렇게 대답하신 날도 할머니께서는 어김없이 찬우를 마중 나오셨습니다. 그래서 찬우는 결심했습니다. 어떻게 해서든지 할머니께서 마중 나오시지 않도록 해야겠다는 것이었습니다. 찬우는 학교에 오면서 할머니께 거짓말을 했습니다.

"할머니, 저 오늘은 친구 집에서 놀다가 올 테니까, 마중 나오지 마셔요?”

“알았다.”

할머니의 대답은 언제나 간단했습니다. 그러나 찬우는 학교에서 하루 종일 할머니 생각만 났습니다.

'오늘도 마중을 나오실까? 나오시더라도 늦게 나오시겠지?'

이렇게 생각한 찬우는 공부가 끝나면, 할머니께서 다리께로 마중 나오시기 전에 얼른 집으로 돌아가기로 마음먹었습니다.

드디어 학교 공부가 끝나자, 찬우는 뒤를 돌아다 볼 새도 없이 혼자서 힘껏 달렸습니다. 같이 다니던 친구들에게도 같이 가자고 말할 겨를이 없었습니다. 할머니께서 다리께로 마중 나오시기 전에 어서 빨리 집으로 돌아가야겠다고 생각했기 때문입니다.

한참을 달렸습니다. 찬우가 숨을 헐떡이며 달리는 모습은 찬우의 굳은 결심을 말해주는 듯 했습니다. 찬우를 놀리는 아이들, 특히 '효도가 무엇인지 모른다'고 하는 아이들의 말을 떨쳐버리려는 생각이 분명해 보였습니다. 그런 찬우는 마음이 조금 홀가분해졌습니다.

'한두 번 할머니께서 마중을 나오지 못하게 되면, 내 뜻을

아시고 스스로 그만 두실 거야'

그런저런 생각을 하며 한참을 달린 후, 산모퉁이를 돌아섰습니다. 그곳에서는 다리께를 훤히 볼 수 있는 곳이었습니다. 찬우의 눈이 제일 먼저 다리께로 향하더니, 이내 소리쳤습니다.

"아이쿠, 할머니!"

찬우의 그 한 마디에는 거의 비명을 지르는 소리 같은 날카로움과 믿음이 무너져 내리는 듯한 한숨소리가 함께 깔려있었습니다.

찬우 할머니께서는 다리의 난간에 허리를 기대신 채, 지팡이로 턱을 괴고 앉으셔서 찬우가 나타날 산모퉁이 쪽을 바라보고 계시다가 찬우의 모습이 보이자, 벌떡 일어서시는 것이었습니다.

찬우는 온몸의 기운이 쑥쑥 빠져 나가는 것을 느꼈습니다. 걸음걸이도 느려지기 시작했습니다. 숨도 더욱 헐떡거려졌습니다. 마치 달리던 자동차가 브레이크를 밟았는데도 달리던 힘에 의해 덜커덕거리며 밀려가는 것처럼, 어쩔 수 없이 걸어가는 것 같았습니다.

찬우가 가까이 다가오자, 할머니는 여느 때와 마찬가지로 책가방을 잡아 끄셨습니다. 그러나 찬우는 책가방을 꽉 움켜 쥐고 놓질 않았습니다.

"할머니, 오늘 제가 늦게 온다고 했잖아요?"

"그랬느냐?"

"……."

할머니께서는 전혀 모르셨다는 듯 자연스런 표정이셨습니다. 그냥 책가방에만 관심이 있으신지, 기어코 찬우 손에서 책가방을 빼앗듯이 채서 거머쥐시고는 총총걸음으로 앞장서 집으로 향하셨습니다.

마치 '찬우야, 내가 이겼지?' 하시는 것 같았습니다. 사실 할머니께서 이기셨습니다. 어찌 되었건 찬우가 빨리 돌아올 줄 뻔히 알고 기다리셨고, 찬우가 놓지 않으려던 책가방도 빼앗아 가셨으니까, 결국 그렇게 된 것입니다. 찬우는 괜히 웃음도 나왔습니다.

"할머니, 저도 이제 5학년이어요. 그리고 할머니도 이제 늙으셨고요. 그러니, 마중 나오지 마셔요. 이제 혼자 걸어 다니시는 것도 힘들어 하시잖아요?"

"내 걱정이라면 조금도 말아라. 내가 좋아서 하는 일이라고 몇 번이나 말했잖니? 너는 우리 집의 대들보이니, 공부나 잘하면 돼. 그것이 이 할미의 소원이다."

"할머니, 제 마음도 아셔요?"

"……."

"할머니, 이젠 책가방 제가 들고 다닐게요. 예?"

"공부 잘 하는 것이 효도여!"

"공부 잘 하고 있잖아요?"

"더 잘 해."

찬우는 할 말이 없었습니다. 그렇다고 학교에서 친구들이 놀리니까 마중 나오지 마시라고 할 수도 없는 일이었습니다. 그랬다가는 영락없이 학교까지 쫓아오실 것이 뻔한 일이었기 때문입니다.

그날 저녁 찬우는 할머니께서 마중 나오시지 않도록 하는 좋은 방법을 생각해 내려고 애를 썼지만, 좋은 생각이 떠오르지 않았습니다. 선생님께서 도덕 시간에 하신 말씀만 자꾸 생각의 한 가운데에 자리 잡았습니다.

'여러분은 이제 5학년입니다. 스스로가 충분히 판단할 수 있는 시기입니다.'

이튿날 아침밥을 먹을 때였습니다. 찬우가 할머니께 다시 말씀드렸습니다.

"할머니, 오늘은 마중 나오지 마셔요."

"왜?"

다른 때 같으면 알았다고 하시거나, 아무 말씀이 없으실 할머니이신데, 오늘은 왜냐고 물으셨습니다. 요즘 찬우가 자꾸 마중 나오지 말라고 하는 것이 마음에 걸리신 모양입니다.

"그냥이요."

"알았다."

"참말이지요, 할머니?"

"……."

"그러시지요, 어머니. 날마다 나가시는 것도 고되실 테고……."

"그러셔요, 어머니."

늘 듣고만 계시던 찬우 아빠와 엄마께서도 거드셨습니다.

"너희들까지……? 너희들은 너희들 하는 일이나 잘 해라."

할머니께서는 찬우 아빠와 엄마까지도 거들고 나서는 것이 몹시 서운한 모양이셨습니다.

"할머니, 할머니께서 자꾸 그러시면 저 학교에 안 갈래요!"

"뭐야, 찬우 너 그게 무슨 말버릇이니? 누굴 위해서 학교에 가니?"

화가 나셨는지, 아빠의 말씀이 크고 거칠었습니다.

"할머니께서 마중 나오시니까, 학교에서 친구들이 자꾸 놀린단 말이어요. 효도라는 것이 무엇인지도 모른다고요."

찬우는 울먹이면서 버럭 소리를 지르더니, 들고 있던 밥숟가락을 놓고서 책가방만을 들고는 문을 뛰쳐나갔습니다.

"아니, 저 녀석이……."

"찬우야, 찬우야……."

찬우는 할머니께서 부르시는 소리를 멀리하고 달음질쳤습니다. 하늘은 찬우의 마음만큼이나 무겁고 찌뿌듯했습니다. 학교에서 공부를 하면서도 마음은 자꾸 어두웠습니다. 좋은 태도로 말씀드릴 수도 있는 일이었는데, 아침에 너무 자기의 주장만 내세우며 버럭 소리를 지르고 뛰쳐나왔기 때문입니다.

공부시간에도 자꾸 유리창 쪽만 바라다보았습니다. 할머니의 인자하신 얼굴이 또렷이 그려지다가도 갑자기 화가 나신 얼굴로 바뀌곤 했습니다. 할머니의 화난 얼굴은 이제까지 한 번도 뵌 적이 없는 무서운 얼굴로 그려졌습니다.

찬우는 고개를 힘껏 가로저었습니다. 그리고는 다시 유리창 쪽을 쳐다보았습니다. 찬우가 자꾸 유리창 쪽을 바라다보는 데는 또 다른 이유가 있었습니다. 어쩌면 할머니께서 금방 웃는 얼굴로 나타나실 것만 같았기 때문입니다.

사실, 지금까지의 일로 보아서 찬우 할머니께서는 찬우가 도시락을 가지고 가지 않은 날이면, 언제나 따뜻한 도시락을 들고 학교로 오셔서 유리창을 두드리셨습니다.

아마 찬우는 그런 할머니를 기다리고 있는 모양입니다. 점심시간이 가까워질수록 할머니께서 도시락을 가져오시기를 기다리는 마음은 배고픔과 함께 깊어만 갔습니다. 아침밥도 제대로 못 먹은 찬우의 배가 어서 밥을 달라고 조르는 소리를 냈습니다.

"꼬르륵 꼬르르르륵"

점심시간이 되었지만, 할머니의 모습은 보이지 않았습니다. 운동장가의 나무의자에 앉은 찬우는 점심시간 내내 교문 쪽만 뚫어지게 바라보고 있었습니다. 금방이라도 할머니께서 불쑥 나타나실 것만 같았습니다.

점심시간의 끝을 알리는 음악이 은은히 울려 퍼지자, 찬우는 의자에서 일어섰습니다. 가벼운 어지러움이 다리를 휘청거리게 했습니다. 아침부터 찌뿌듯하던 하늘은 더욱 험상궂게 울상을 짓고 있었습니다.

'할머니께서도 너무 하시지. 내가 아침밥도 다 먹지 않고 집을 나선 줄 뻔히 아시면서……?'

자꾸 할머니가 원망스럽게만 느껴졌습니다.

'하기야, 도시락을 안 가져온 사람은…….'

그렇지만 어쩐지 자기의 잘못된 행동보다는 할머니에 대한 원망스러움이 더 크게만 느껴졌습니다. 찬우는 교실로 들어가기 전에 수도꼭지에 입을 대고 엄마젖을 빠는 아기처럼 꿀꺽 꿀꺽 물을 들이켰습니다.

배고픔을 참으며, 그럭저럭 오후 공부를 마치고 교문을 나설 때였습니다. 갑자기 빗방울이 하나둘 떨어지기 시작했습니다. 하늘을 쳐다보니 비가 제법 올 것 같았습니다.

아이들은 뛰기 시작했습니다. 찬우도 함께 뛰었습니다. 있는 힘을 다해 힘껏 뛰던 찬우가 갑자기 뛰던 걸음을 멈췄습니다.

"이까짓 비 좀 맞으면 어때."

찬우가 자꾸 뒤로 처지면서 혼자 중얼거리자, 함께 뛰던 상혁이가 말했습니다.

"찬우야, 어서 가자. 비가 많이 올 것 같다."

"나도 알아, 먼저 가! 이까짓 것 뭐!"

상혁이는 찬우가 이상한지 고개를 갸우뚱하더니, '어서 오라'는 말만을 남기고 힘차게 뛰어갔습니다. 혼자서 터벅터벅 걸어가는 찬우의 발걸음은 힘이 없어보였습니다.

아이들의 모습이 아스라이 멀어져갔습니다. 빗방울은 점점 굵어지기 시작했습니다. 찬우에게는 쏟아지는 비를 막거나 피할 길이 없건만, 찬우의 걸음걸이는 너무나 여유가 있었습니다. 아마도 할머니께서 마중 나오시는 것을 기다리는 마음이 조금은 남아있는가 봅니다.

그러나 다리께에 이르렀을 때도 할머니의 모습은 그 어디에도 보이지 않았습니다. 찬우의 머릿속에는 다리의 이곳저곳에 할머니의 얼굴이 또렷이 그려졌습니다.

힘없이 걷고 있던 찬우의 얼굴에 빗물이 철철 흘러내렸습니다. 마치 찬우가 울고 있는 것 같았습니다. 운동화 속에도 빗물이 들어가 뻐걱뻐걱 울어댔습니다. 눈물이 빗물에 섞여 흘러내리고, 흐느낌이 빗방울 떨어지는 소리와 뻐걱거리는 소리에 묻혀 들리지 않았을 뿐 찬우의 표정으로 보아 울고 있는 게 분명했습니다.

그것은 배고픔의 눈물, 슬픔의 눈물이기도 했지만, 할머니의 따뜻한 사랑을 마음껏 느껴보는 눈물이었습니다.

"할머니!"

찬우는 갑자기 할머니를 부르며 힘껏 뛰었습니다. 힘껏 뛰던 찬우는 하늘을 쳐다보며 흐르는 눈물을 빗물로 깨끗이 닦았습니다. 그리고는 소리쳤습니다.

"할머니, 마중 나오시는 것 할머니 마음대로 하셔요."

몰려가는 구름이 늘 인자하신 할머니의 모습을 그려내고 있었습니다. 찬우의 얼굴에는 환한 웃음이 번졌습니다. 아침에 갑작스런 전화를 받고, 막내 고모의 아기 낳는 일을 도우러 서울에 가신 할머니께서도 찬우의 이런 마음을 잘 알고 계실 것입니다.

아무것도 모르는 찬우는 늘 자기를 사랑으로 감싸시는 '할머니를 만나려는 마음 하나'만을 붙잡고 집을 향해 뛰고 있었습니다. 더욱 할머니의 사랑받는 손자가 되겠다는 다짐을 하면서 말입니다. 찬우는 역시 '할머니의 손자'였습니다. ▣

☞ **작가의 말**

나는 어린 시절을 할아버지, 할머니 두 분의 한없는 사랑 속에서 보냈습니다. 그러나 그때는 어려서 그 사랑을 다 알지 못했습니다. 그런 내가 이제 할아버지가 되어 생각해봅니다. 다시 생각할수록 할아버지, 할머니의 크나큰 사랑이……. 이제 그 사랑을 내가 손자들에게 돌려줄 차례입니다. 이젠 할아버지가 되어……. 또 할머니의 마음으로…….

개수아비

"으아앙……."

선호의 자지러지는 울음소리가 마당 안에 메아리쳤다. 깜짝 놀란 할머니가 때 이른 저녁 불을 지피다가 말고 뛰어나오셨다.

"저놈의 개새끼가……."

할머니는 선호를 감싸 안으며 누렁이에게 험한 말씀을 여지없이 쏟아내시고는, 누렁이를 저만큼 쫓아버리셨다.

오늘도 선호가 누렁이에게 놀림을 당한 것이었다.

"그랑께 막대기를 갖고 다니라고 하디안! 인자 꼭 갖고 다녀라 잉?!"

"형아가 놀린디?"

"뭐라고 놀려야?"

"지팡이 짚고 다닌다고!"

선호는 마치 모든 일이 할머니 때문이기라도 한 듯 앙탈을 부렸다. 할머니는 어이가 없으신지 웃고 계셨다.

선호를 토닥거리던 할머니는 선호를 더욱 꼬옥 안으시고 불로 달궈진 빠알간 볼을 비벼대셨지만, 선호의 눈에서는 구슬 같은 눈물이 그칠 줄을 몰랐다.

지난해까지만 해도 누렁이는 귀여운 강아지였다. 다섯 살배기였던 선호와도 친한 친구였다.

일요일에 아빠 엄마를 따라 할머니 댁에 다니러 갈 때면 누렁이는 선호를 반갑게 맞아주었다. 자주 만나는 것도 아니건만 누렁이는 선호의 가족들을 금세 알아보고, 꼬리를 흔들며 재롱을 피웠다.

그럴 때마다 선호는 형과 함께 누렁이를 가슴에 안고 다니면서 퍽이나 친하게 지냈다. 너무 함께 놀려고 해서 오히려 누렁이가 귀찮을 정도였다. 마땅한 장난감이 없는 할머니 댁에서는 누렁이가 마치 좋은 장난감이나 되는 모양이었다.

"그러다가 누렁이가 꽉 물어 버리면 어쩌려고 그러냐?"

"그래, 큰일 난다. 강아지한테는 벼룩도 있단다. 그것도 옮기면 큰일이고!"

보다 못한 어른들이 겁을 주기도 하지만 소용이 없었다. 오히려 더 귀찮게 하지 않으면 다행이었다. 결국은 그렇게 장난감처럼 가지고 놀다가 싫증이 나거나, 누렁이가 참다못해 똥오줌을 내보내야만 놓아줄 때가 많았다.

그런 누렁이가 언제부터인가 선호를 울리기 시작했다. 선호네 식구들을 보고 누렁이가 반갑게 달려드는 것은 마찬가지였다. 그러나 누렁이가 다른 식구들은 귀찮아하며 함부로 대하니까 조금 달려들다가 도망을 가는데, 힘이 약한 선호는 싫다고 누렁이를 힘껏 때려도 견딜만한지 선호에게서만은 얼른 떨어지지를 않았다. 제 딴에는 반가워서 그러는 모양이었지만, 부쩍 커버려서 인상까지 험하게 변해버린 누렁이가 두 발을 들고 가슴팍까지 기어오르는 것은 선호에겐 무서운 일이었다.

그럴 때면 선호는 겁이 나서 소리를 지르며 도망을 가곤 했다. 그렇지만 누렁이는 도망가는 선호를 그냥 놔두지 않았다. 놀란 선호가 기어코 울음을 터뜨리고 식구들이 뛰어나와 거들어 줘야만, 누렁이가 슬금슬금 눈치를 살피며 자리를 피하는 것이었다.

그럴 때면 두 살 위인 형이 참지 못하고 나섰다.

"이 바보야, 발로 차버려! 이렇게 토옥 차버려!"

"발로 차면 되는가? 누렁이는 반가워서 그러는데……."

아빠는 동생을 잘못 가르치는 현석이에게 타이르듯 말씀하셨다.

그러나 누렁이는 선호를 만날 때마다 울음을 터뜨리게 하는 횟수가 점점 늘어만 갔다. 할머니 댁에 와서는 밖에서 마음대로 놀 수도 없고, 화장실에 마음대로 다닐 수도 없었다. 그럴 때마다 선호의 투정이 시작되었다.

"나 이제 할머니 댁에 안 올 거여! 얼른 우리 사는 집으로 가."

가끔 듣게 되는 선호의 이런 울부짖음은 할머니에겐 큰 충격이었다. 어쩌다 한 번씩 쉬는 날이면 찾아오는 손자 녀석이 고작 한다는 말이 그런 말이니 할머니의 마음이 편할 리 없었다.

"선호야! 그러지 말고 누렁이가 너한테 달려들면 이 막대기로 때려서 쫓아버려라!"

"누렁이를 때려도 돼요?"

"그래, 살살 때려서 쫓아라."

"아빠는 못 때리게 하는데?"

"할머니가 때리라고 했으니까 괜찮아. 이 개는 내 개여."

선호는 할머니 말씀에 힘이 솟는지 막대기를 들고 누렁이를 쫓아다녔다. 누렁이는 힐끔거리면서 슬슬 피하다가 한 대라도 얻어맞고 나면, 깽깽거리며 도망을 치곤했다.

"어지간히 때려라. 개가 죽는 소리를 하냐안?"

"그래, 때리지 마. 동물을 사랑해야지!"

죽는 소리를 하며 도망을 가는 누렁이를 보고, 아빠와 형이 불쌍해서 한마디씩 거들자, 선호는 금방 걱정스런 얼굴이 되었다. 자꾸 달려드는 누렁이를 막을 길은 없는데, 막대로 때리지도 못하게 하니 선호는 걱정인 것이다.

"그럼 나는 어떻게 해?"

선호는 막대를 내던지며, 발을 동동 거렸다. 그러면서 할머니의 눈치를 슬금슬금 살폈지만, 할머니께서는 빙긋이 웃고만 계셨다.

"달려들 때, 차라리 발로 한 번 차버려라. 몇 번만 그러면 누렁이도 도망을 가게 될 거야."

"누렁이가 저렇게 큰 데…….. 어떻게 그래?"

"너는 안 컸냐? 너도 여섯 살이나 먹었지 않아?"

아빠의 말씀에 선호는 고개를 떨구었다. 다섯 살 때는 자기가 장난감처럼 데리고 놀던 누렁이였지만, 지금은 도저히 이겨낼 자신이 없는 모양이었다.

"그래도……."

"너도 할 수 있어. 나는 발로 차버리니까 나한테는 안 오냐안!"

두 살을 더 먹은 값을 하느라고 현석이가 동생을 부추기며 끼어들었다. 동생 선호가 누렁이에게 당하고 있는 것을 보고만 있을 수 없는 모양이었다.

"나도 하면 된다고?"

"그래, 된다니까!"

"어떻게?"

"이렇게 발로 차버리면 되지, 어떻게 하긴 어떻게 해야!"

"이렇게?"

"그래, 그렇게 해."

그날부터 선호는 형을 따라 발길질을 하는 연습을 시작했다. 자기가 사는 집에는 개가 없는데도 열심히 연습을 했다.

현석이는 동생 선호가 자기를 따라서 발길질을 시작한 것이 신이 나는지, 아주 열심히 가르쳤다. 운동선수를 가르치는 사람처럼 '이렇게 하라', '저렇게 하라'고 하면서, 선호가 잘못하면 한 대씩 쥐어박기까지 하면서 가르쳤다. 그래도 선호는 아무 불평 없이 현석이가 시키는 대로 발로 차는 연습을 열심히 하였다.

멀리서 이 모습을 지켜보시던 아빠와 엄마는 웃고만 계셨다. 선호와 현석이가 어떻게 하는지 두고 볼 생각이신 모양이었다. 그러다가 엄마가 선호에게 다가서셨다.

"선호야! 그렇게 연습하면 누렁이를 이길 수 있겠니?"

"형아가 이길 수 있다고 했어."

"그래? 꼭 이겨라. 선호는 똑똑하니까, 누렁이를 이기고 말 것이다."

선호는 기분이 좋은지 빙긋 웃고 있었다. 이마엔 땀방울이 송송 맺혀 있었다. 엄마가 소맷자락으로 땀을 슬쩍 안아 가셨다.

선호가 열심히 연습했던 발길질을 써먹을 날이 돌아왔다.

"엄마, 오늘 할머니 댁에 가서 누렁이가 달려들면 발로 차버릴 거야."

"누렁이를 이길 수 있겠어?"

"형아가 이젠 이길 수 있겠다고 했어."

"흥. 짜식!"

아빠도 기분이 좋은지 선호의 머리를 쓰다듬어 주셨다.

저만큼에 할머니 댁이 보였다. 선호는 앞장서서 팔짝팔짝 뛰어갔다. 누렁이가 꼬리를 흔들며 대문을 나서는 모습이 보였다. 누렁이가 보이자 선호는 순간적으로 깜짝 놀라서 멈추더니, 오던 길로 되돌아섰다.

"형아, 빨리 와!"

뒤따르던 현석이는 선호가 부르는 소리에 폼을 재며 뛰어갔다.

"뭣이 무섭냐? 누렁이가 달려들면 차버려!"

"형아, 가만히 있어 봐."

"왜야?"

"누렁이가 달려들면 발로 차기는 하겠는디……."

"그런데?"

"내가 발로 차고 싶을 때 찰라고……."

"그런데 왜 그러고 서있냐?"

동그란 선호의 눈이 누렁이를 따라 움직이고 있었다. 침을 '꿀꺽' 삼키기도 하고, 헛 입맛을 '쩝쩝' 다시기도 하였다.

선호는 겁을 먹고 있는데, 현석이는 자꾸 선호를 다그치고 있었다. 아빠와 엄마는 웃음을 참지 못하고 크게 웃으셨다.

"왜들 그러냐?"

대문 밖의 시끄러운 소리에 할머니께서 나오셨다. 모두의 인사를 받으시며 할머니께서 물으셨다. 설명을 들으신 할머니께서도 웃음을 참지 못하셨다.

그러는 사이에 누렁이가 선호에게로 달려들었다.

"이젠 내가 발로 찬다."

선호의 힘찬 외침과 함께 선호의 발이 쭈욱 뻗어 나갔다. 순간 누렁이가 선호의 발을 꽉 물었다. 선호는 넘어지며 비명을 질렀다.

눈 깜짝할 사이에 일어난 일이었다. 모두가 웃고 있을 때, 일이 벌어진 것이었다.

모두들 깜짝 놀라 누렁이에게 달려들었다. 그러나 운동화 끈에 누렁이의 이빨이 걸려서, 한참동안 선호와 누렁이의 우스꽝스러운 줄다리기가 계속되었다.

선호가 할머니의 품에 안겼을 때 누렁이는 저만큼에서 식구들의 눈치를 슬슬 살피고 있었다. 선호는 계속 울어댔다. 많이 놀란 모양이었다.

"괜찮다, 괜찮아."

선호의 운동화를 벗겨 본 어른들은 이빨자국 하나 남기지 않게 조심스럽게 문 누렁이의 재주에 놀라워하고 있었다.

"그럼, 지 식군디 되게 물것냐? 지가 반가워서 달려든 것인디!"

할머니는 누렁이를 사랑하시는 만큼 누렁이를 믿고 계시는 모양이셨다.

아무튼 선호가 누렁이를 발로 차서 쫓는다는 것은 이젠 자신 없는 일이 되어 버렸다. 그런 일이 있은 뒤로는 선호는 항상 막대기를 들고 다녀야만 했다. 그렇지 않고서는 누렁이를 이겨낼 자신이 없었기 때문이다.

그러나 그것도 쉬운 일은 아니었다. 항상 긴 막대를 갖고 다닐 수도 없는데다가 형이 자꾸 놀리기 때문이다.

"자기가 꼬부랑 할아버진가? 지팡이를 짚고 다니게?"

현석이가 혼잣말로 한 번씩 던지는 말이었지만, 선호에겐 놀리는 말로밖에 들리지 않았다. 그래서 선호는 될 수 있는 대로 막대를 가지고 다니지 않으려고 하였다.

할머니께서 선호를 업어 주셨지만, 선호의 눈에서는 계속해서 눈물이 반짝이고 있었다.

아빠는 과자까지 주면서 선호를 달랬다. 내일까지 가을일을 돌봐 드리고 가야할 텐데, 선호가 집에 가자고 졸라대기 시작하면 큰일이었기 때문이다.

다행히 선호는 누렁이 생각을 잊었는지 텔레비전 앞으로

다가갔다. 텔레비전을 보던 선호가 갑자기 마당으로 뛰어나갔다. 그리고는 작은 나뭇가지를 집어 들더니 땅바닥에 무엇인가를 그리기 시작했다.

아빠는 옆에 서서 누렁이가 나타날까봐 사방을 두리번거렸다. 그러면서 선호에게 물으셨다.

"선호야! 무엇을 그리니?"

"그리면 알아……."

아빠는 무엇을 그리는지 궁금하여 물어봤으나, 선호의 대답은 신통치 않았다. 이상한 모양의 사람을 그리는 것 같았다. 한참을 그리던 그림이 만족스러운지 선호가 손을 털고 일어섰다.

"선호야! 무엇을 그렸니?"

"보고서도 몰라?"

"어떤 사람을 그린 모양인데?"

"사람이 아니어."

"그럼 무엇인데?"

"허수아비여!"

"허수아비? 허수아비를 뭐 하러 그렸어?"

"그것도 몰라?"

"아빠가 모르겠으니까 선호 너에게 묻지!"

정말 무슨 말을 하고 있는지 알 수가 없었다. 꼭 스무고개

놀이를 하고 있는 것 같았다.

"아빠, 허수아비는 참새를 쫓아주지?"

"그래서?"

"그러니까 누렁이도 쫓아주라고!"

"이 허수아비가?"

"그래에."

"뭐야? 허허허 참……. 그럼, '개수아비'구만."

"개수아비? 개수아비가 뭐야 아빠? 아하! 참새를 쫓는 것은 허수아비고, 이것은 개를 쫓으니까 개수아비라고?……. 아빠 그래?"

선호의 눈이 빛나고 있었다. 그때 저만큼에서 누렁이가 다가오고 있었다. 선호는 얼른 땅바닥에서 무엇인가를 집어 들고는 다시 허수아비를 그리려고 했다. 누렁이는 그런 선호의 모습에 흠칫 놀라더니, 도망을 쳤다.

"아빠! 누렁이가 도망간다."

"그래, 정말 도망간다."

선호는 신이 나서 환히 웃고 있었다. 아빠는 선호의 손을 잡아 꼬옥 쥐어 주었다. 선호의 손에서 돌멩이 하나가 토옥 떨어졌다.

선호 아빠의 머릿속에는 사납게 짖어대며 쫓아오던 개들도 땅에 엎드려 돌만 하나 주워들면, 깜짝 놀라서 도망치던 개들의 모습이 그려지고 있었다. 어느새 어둠이 소리 없이 밀려와

개수아비를 덮어가고 있었다. ◼

버스를 기다리는 아이들

"빵빠아앙……."

멀리서 자동차의 경적소리가 들려 왔습니다.

"선생님, 저어… 밖에 좀 나갔다 올게요."

"무엇하려고?"

"버스에서 물건을 좀 받으려고요!"

다섯째 시간이 끝나갈 무렵이면 흔히 볼 수 있는 산골학교의 교실 풍경입니다. 이 시각이 되면, 이 고장 사람들의 발이 되어 주는 '새마을 버스'가 도착하기 때문입니다.

새마을 버스. 조금 생소한 만남입니다.

그러나 이 고장 사람들에게는 매우 익숙하고 소중한 존재여서, 무슨 일을 하다가도 새마을 버스의 경적 소리만큼은 귀신처럼 알아들을 수 있어야 합니다. 고개를 들어 동서남북 어디를 보더라도 큰 산들로 둘러싸여 있어서 바깥세상과의 만남을 쉽게 생각할 수가 없지만, 이 새마을 버스만은 하루에 두세 번, 날마다 바깥세상을 오가며 마을사람들의 발이 되어 주고, 마을사람들이 필요로 하는 것들을 가져오기도 하는 소중한 존재이기 때문입니다.

다른 교통편이 없어서 불편한 산골마을 사람들이 어렵게 돈을 모아서, 새 차는 아니지만 중형버스를 마련하고 운전기사를 모셔 와서, 12킬로미터나 떨어진 면소재지까지 자체적으로 운영하는 버스가 이곳의 '새마을 버스'입니다. 따라서 버스의 운행 시각과 횟수, 이용 요금 등 모든 것은 마을 전체회의에서 결정됩니다.

그러나 운행 시각과 횟수가 바뀌는 경우도 있습니다. 면소재지 중학교에 다니는 학생들이 학교에 가는 날은 하루에 세 번씩 운행되고, 방학과 같이 중학생들이 학교에 가지 않는 날에는 하루에 두 번씩만 운행되는 것입니다. 그래서 중학생들이 학교에 가는 날, 즉 하루에 세 번씩 운행되는 날과 중학생들이 등교하지 않는 두 번씩 운행되는 날의 아침 버스의 운행시각이 서로 달라서 늘 주의를 기울여야 합니다. 이런 제법 복잡한 규칙에 의해 버스가 운행되므로, 이 고장을 찾는 낯선 바깥사람들은 버스 이용에 불편을 겪기도 합니다. 하지만 이곳 산골사람들은 모두가 운영규칙에 맞춰 익숙하게 이용하고 있는 것이 참 신기하고도 재미있는 일입니다.

그러나 이곳 사람들도 12킬로미터나 떨어진 면소재지까지 나가는 일은 하루를 그냥 보내는 일과 같아서 쉬운 일은 아닙니다. 하루에 두 번만 운행되는 날은 아침에 나갔던 버스가 바로 이 시각, 6학년 학생들의 다섯째 수업시간이 끝나가는 저녁 무렵에야 돌아오기 때문입니다.

그래서 마을 사람들은 여러 가지 크고 작은 심부름거리를 운전기사에게 부탁하여 맡기게 되고, 아이들은 바쁜 부모님을 대신하여 새마을 버스가 돌아올 시각에 맞춰 자기 집 물건들을 받으러 나가야 합니다. 두메산골이라서 집들이 이곳저곳에 몇 채씩 흩어져 살고 있는 까닭에 버스가 다니는 길까지는 제법 먼 길인 집들이 많고, 여러 가지 집안일로 바쁜 어른들이 버스가 다니는 길까지 물건을 받으러 나오는 게 힘이 들기 때문에 아이들이 대신하여 받기 위해서입니다. 그래서 이렇게 버스가 '빵빠아앙' 소리와 함께 초등학교 앞에서 멈추어 서고, 늘 이렇게 아이들이 우르르 몰려듭니다.

"아저씨, 안녕하세요?"

"그래그래, 많이들 기다렸지?"

아이들의 반가운 인사를 받으며 운전석의 기사 아저씨도 반갑게 아이들을 맞이합니다. 그러면서 잠시 열려진 문 사이로 아저씨께 심부름으로 맡겨진 물건들을 찾는 아이들로 북적입니다. 또 어떤 때는 자기 엄마나 아빠가 이 버스에 타고 있는지 묻는 아이들, 수업을 마치고 집으로 돌아가려고 버스를 기다리던 아이들로 인하여 버스는 늘 반가운 환영을 받습니다.

"빵빠아앙……."

다시 버스가 한때의 소란스러움을 멀리하고, 학교 앞에서 4킬로미터쯤 떨어진 더 깊숙한 종점 마을을 향해서 서서히 움직입니다. 남은 아이들이 버스를 향해 손을 흔들며 다시 학교로 들어섭니다. 아이들의 고사리 같은 귀여운 손에는 크고 작은 이런저런 물건 보따리들이 들려져 있습니다. 빈손으로 돌아서는 몇몇 아이들도 눈에 띕니다.

"너는 왜 빈손이니?"

"운전기사 아저씨가 잊어버리고 안 사왔다고 하냐!"

"너는 또, 왜 빈손이야?"

"내 발에 맞는 운동화가 없더라고 하나안!"

올망졸망 크고 작은 물건들을 손에 들고서 '왜 빈손이냐?'
고 묻는 아이는 신이 나 있는데, 빈손으로 돌아서며 대답하는
아이의 목소리는 힘이 없습니다.

"너는 또 왜 울려고 하냐?"

갑작스런 5학년 석동이의 뭉툭한 말 한마디가, 4학년 선희

의 눈을 달구고 말았습니다. 그리고는 끝내 빨갛게 달구어진 선희의 눈에서 닭똥 같은 눈물이 뚝뚝 떨어지고 맙니다.

"뻐스가 내일 나갈 때 사오면 되제, 울기는 왜 우냐? 울지 마라!"

구수한 사투리와 함께 선희의 등을 토닥거리며 달래는 6학년 현숙이의 모습이 참 어른스럽습니다.

"빵빠아앙……."

아스라이 멀어져 가는 버스가 다시 한 번 경적소리를 울리며, 선희를 달래고 있었습니다. ■

☞ **작가의 말**

'사람은 낳으면 서울로 보내고, 말은 낳으면 제주도로 보내라'라는 말이 있습니다. 물질중심·문명중심 세상의 이야기입니다. 그래도 산골마을 아이들에게는 참 서러운 말입니다. 그런 아이들의 이야기, 먼 기억 속의 산골이야기를 끄집어내면서 그립고 사랑스런 그들이 늘 행복하기만을 바랍니다. 그러면서 그들과 있었던 일을 오래오래 기억하고, 추억으로 간직하고 싶습니다.

선생님을 붕어로 만든 아이들

국사봉 아래 용바우골의 도토리나무, 산밤나무, 참나무, 단풍나무가 흐르는 세월을 이기지 못하고 옷을 갈아입고 있었다. 여름내 탐스럽게 키웠던 푸른 잎들을 그 어느 때보다 예쁜 모습으로 떠나보내기 위해서 마지막 정성을 쏟아 붓고 있는 것 같았다.

만나는 아이들의 모습을 보아도 느낌이 달랐다. 소매가 짧은 옷을 입은 아이는 유난히 추워 보였다. 그런데 오늘따라 아이들의 모습은 밝고 따뜻해 보였다.

"선생님, 내일의 소풍 계획은 안 세워요?"

내일이 가을 소풍을 가는 날이건만 무심한 선생님께서는 딱딱한 공부만 가르치실 뿐 도무지 소풍에 관한 말씀은 한 마디도 없으시니, 답답해서 죽겠다는 듯 반장인 재섭이가 의

미 있는 한마디를 던졌다.

그러자 갑자기 교실 분위기가 벌집을 쑤셔놓은 것처럼 웅성웅성거렸다.

"좋아요. 그렇잖아도 내일 소풍을 위해 노래 한 곡을 가르쳐 주려고 했는데, 잘 되었어요."

"선생님, 저희들은 초등학교에서 마지막 소풍이니, 잊지 못할 가을 소풍을 만들고 싶어요. 그러니 저희들에게 계획을 세울 시간을 주세요."

"좋습니다. 먼저 노래 한 곡을 배우고 나서, 여러분에게 시간을 주기로 하지요."

"야호오!"

여기저기서 탄성이 터져 나왔다. 선생님께서는 아이들을 진정시킨 다음, '산 아가씨'라는 노래를 가르치기 시작하였다. 늘 산과 함께 지내는 아이들과 잘 어울리는 노래라고 생각하신 모양이었다.

아이들도 모두 열심히 배우고 있었다.

"울적한 마음 달래려고, 산길로 접어섰다가……."

선생님의 지휘와 오르간 반주에 노래장단이 어우러져, 벌써 소풍을 가고 있는 것처럼 교실분위기는 들떠 있었다. 선생님께서는 노래 실력은 이 정도면 됐다고 생각하셨는지, 이젠 소풍 계획을 세워보라고 하셨다.

"선생님, 저희들끼리 계획을 짤 테니까, 선생님께서는 잠시 연수실에 가 계셔요. 그래야 저희들이 멋진 계획을 짤 수 있어요."

"아니 그래도……."

"선생님, 제발이요."

"허어, 참! 얼마나 멋진 계획을 세우려고 그러는고?"

아이들의 성화에 못 이겨 선생님께서는 결국 교실 문을 나서시고 말았다.

드디어 가을 소풍날이 되었다. 아침부터 학교 운동장은 여기저기 아이들이 남긴 흔적들로 꽉 차 있었다. 오늘따라 학교 운동장이 손바닥만 하게 작게 느껴졌다.

선생님께서 운동장으로 나오시자, 6학년 아이들이 우르르 몰려들었다.

"선생니임."

"뭐야, 뭐? 너희들 먹어라, 너희들 먹어. 너희들이 먹어!"

아이들이 밀어붙이듯 내미는 크고 작은 병들과 깡통들을

선생님께서는 끊임없이 밀치고 계셨지만, 아이들은 막무가내였다. 선생님께 드리려고 사왔다는 것이었다.

갑자기 교실 앞 계단이 음료수 전시장으로 변하였다. 박카스, 사이다, 콜라, 캔 커피, 봉봉, 스포츠음료를 비롯해서 갖가지 크고 작은 음료수 병들과 깡통들이 '앞으로 나란히'를 하

고 있었다.

이때 옆에 서있던 5학년의 한 아이가 말했다.

"6학년 선생님, 붕어 되겠다."

"허허허, 그래 네 말이 맞다. 오늘은 내가 붕어인 모양이다."

주변의 많은 아이들이 신나서 깔깔거리며 웃었다.

그리고 이어진 소풍지에서 있었던 6학년들의 학급 놀이 시간은, 아이들 모두의 의도적인 노력으로 흐뭇한 가운데 진행되었다. 녹음기까지 동원한 그들의 치밀한 계획이 요즘 세상의 한쪽 구석이 반영된 것 같기는 했지만, 그런대로 알찬 계획이었다. 선생님의 몸짓을 곁들인 자작곡 또한, 멋진 한 판이었다.

"붕어는 뻐끔—, 뻐끔—. 붕어는 물을 떠나 살 수가 없어…. 선생님이 붕어면 사랑하는 제자들은 물. 물을 떠난 붕어는 살수가 없어. 물속에서 사는 붕어 부웅어!"

아이들이 배꼽을 쥐고 웃어댔다. 아이들의 웃음소리가 용바우골을 지나 멀리 국사봉까지 울려 퍼지고 있었다. ■

'울적한 마음 달래려고……. 나는 정말 반했다오…….' '초등학교'를 '국민학교'라고 부르던 시절이 있었습니다. 그런데 초등학교를 국민학교라고 불러줘야 제 맛인 이야기들이 있습니다. 집에 자가용 승용차가 없는 것은 물론이고, 가르쳐줄 사람이라고는 학교 선생님 밖에 없는 정겨운 산골학교의 이야기입니다. 그들은 누구보다도 순수했고, 모두가 예의바르고, 정직했습니다. 그런 그들을 그때도 사랑했지만, 지금도 많이 사랑합니다.

사기 위해, 살기 위해

하늘엔 해와 달과 별님이 있습니다. 땅에는 많은 생물들이 저마다의 빛을 꼬옥 간직한 채 살아가고 있습니다. 그 속에 우리들도 함께 살아가고 있습니다. 보미네와 상미네도 그런 우리들의 이웃입니다.

보미는 초등학교 5학년입니다. 엘리베이터를 타고 아파트의 13층 집으로 향하는 보미는 힘을 내고 있었습니다. 컴퓨터 학원에서 빌려 온 오락 프로그램이 보미를 즐겁게 해주는 것입니다.

"딩동딩동."

"보미야?"

"응, 나야."

집에서 밥을 해주는 언니가 문을 열어 줍니다. 문이 열리자, 보미는 곧장 자기 방의 컴퓨터를 만나기 위해 통통거리며 뛰어갔습니다. 컴퓨터가 보미를 얌전히 기다리고 있었습니다.

"보미니?"

보미의 목소리를 듣고, 어머니께서 나오셨습니다.

"예, 엄마."

"오늘은 무엇을 배웠어?"

"엄마, 잠깐만……. 조금 있다가 말씀드릴게요."

"오늘 배운 컴퓨터를 하려고? 이 애가 웬일이지?"

"……."

"속셈 학원과 피아노 학원은 다녀왔어?"

"……."

보미는 컴퓨터를 작동시키느라고 아무 정신이 없었습니다. 보미 어머니는 보미를 지켜볼 수밖에 없었습니다.

"따다딴따딴 삐유웅 따다딴따딴 삐유웅……."

갑자기 컴퓨터가 이상한 소리를 냅니다. 금방 컴퓨터 오락을 한다는 걸 눈치 채신 어머니께서 날카롭게 한마디를 날리셨습니다.

"애가 정신이 나갔어? 바로 컴퓨터 끄지 못해!"

"엄마, 한 시간만……. 그럼 사십분만……. 아니, 삼십분 만……. 엄마, 으응?"

보미의 간절한 목소리가 계속 이어졌지만, 어머니께서는 매섭게 쏘아보고 있을 뿐입니다. 보미 어머니도 끄떡도 안할 것 같았습니다. 그러나 보미도 끈질깁니다. 발을 동동 구르며 목이 멥니다.

"알았어, 이 여우야! 꼭 삼십 분 뿐이야?"

언제나처럼 보미가 어머니를 이기고 맙니다. 보미의 얼굴엔 웃음꽃이 활짝 핍니다.

"밥 다 됐는데요, 사모님."

"그래? 그럼 밥부터 먹을까? 보미야, 밥부터 먹자."

"그럼, 이따가는 한 시간? 엄마 알았지?"

"한 시간을 하던지 두 시간을 하던지, 네 할 일은 모두 해야 돼?"

"알았어요, 엄마. 야호!"

보미는 정말 신이 났습니다. 빨리 밥을 먹기 위해 식탁으로 향했습니다.

"가서 아빠 오시라고 해라."

"아빠께서도 들어 오셨어요?"

"그래, 오늘은 일찍 들어 오셨다."

사람들은 보미 아버지를 사장님이라고 부릅니다. 아침이면 조금 일찍 사무실에 나가시지만, 밤이면 항상 늦게 돌아오십니다. 그래서 보미는 아버지께서 늘 바쁘신 분이라고만 생각하고 있었습니다.

모처럼 아버지와 함께 저녁밥을 먹으니, 기분이 조금 이상했습니다. 그래도 오빠와 언니가 빠졌으니, 가족 모두가 모인 것은 아닙니다.

"오늘 운전면허시험을 본다고 신경을 좀 썼더니 피곤한걸."

"저도 오늘 새로운 미용체조를 배우느라고 고생 좀 했더니 피곤하네요."

"아빠, 오늘 운전 시험 보셨어요?"

"왜? 또 떨어졌을까 봐서?"

"합격하셨어요, 아빠?"

"그래, 이번엔 합격하셨단다."

"그럼, 외국에 안 나가셔도 되겠네요."

"그러시겠지!"

보미 아버지께서 넉넉한 표정을 지으십니다. 그러나 보미 아버지께서 운전면허시험에 넉넉하게 합격한 것은 아니었습니다. 보미의 기억으로는 몇 번을 떨어지셨는지 정확하지가 않습니다. 그때마다 보미 어머니는 그만두라고 말리셨지만, 아버지는 외국에 나가서라도 운전면허증을 꼭 따오고 말겠다고 큰 소리를 치셨습니다. 운전면허받기가 비교적 쉬운 나라에 나가서, 그곳에서 합격해서 우리나라 면허증으로 바꾼다고 말씀하셨던 것 같습니다. 아무튼 보미 아버지는 거의 일 년 만에 운전면허 시험에 합격하신 것입니다.

"그럼, 인제 기사 아저씨는 필요 없겠네요?"

"필요 없긴……. 아빠 운전 솜씨가 조금 나아지면, 차를 한 대 더 살 거야!"

"정말이에요, 아빠?"

보미 아버지는 그렇다고 고개를 끄덕이십니다.

"야, 신난다."

"신나긴 무슨……."

이제까지 자가용 승용차가 한 대 뿐이라서 불편하다고 식구들이 불평이었습니다. 그런데 그 불편이 없어지게 될 모양입니다.

저녁 식사를 마친 식구들이 모두 제자리로 돌아갑니다. 밥을 하는 언니의 덜그럭거림만이 거실에 울려 퍼지고 있었습니다.

상미도 초등학교 5학년입니다. 학교 공부를 마친 상미는 집
으로 향했습니다.

"멍멍 멍멍멍……."

아무도 없는 텅 빈 집을 강아지가 지키고 있었습니다. 방으
로 들어선 상미는 둥근 밥상의 다리를 세우고 숙제부터 시작

합니다. 모르는 문제는 살짝 접어 두었습니다. 저녁에 중학교와 고등학교에 다니는 언니와 오빠가 돌아오면 물어볼 참이었습니다.

숙제를 모두 마친 상미는 저녁 준비를 서둘렀습니다. 밥도 짓고 김치도 썰었습니다. 졸졸졸 따라다니는 귀여운 강아지에게도 저녁밥을 주었습니다.

어느덧 빨갛게 달구어진 둥근 해가 지친 모습으로 자기 집을 찾고 있었습니다.

'군내버스가 도착하려면 조금 더 있어야겠지?'

상미는 어둠을 재촉이라도 하려는 듯 손전등을 들고 다리께로 향했습니다. 노을빛을 따라 아름다워야 할 큰 길이 오늘따라 유난히도 시커멓습니다. 다리 밑으로 흐르는 시냇물도 시커먼 냇바닥 때문에 검정 물감을 풀어 놓은 것 같습니다. 산도 들도 하늘도 온통 검은색으로 가득 차보입니다. 곱디고운 빠알간 노을빛마저도 매일 석탄을 캐는 탄광촌의 검은 빛을 밝히기에는 힘이 부족했나 봅니다.

상미네 마을이 이런 빛을 띠게 된 것은 광산에서 캐내는 석탄가루가 그 원인입니다. 그러나 요즈음 상미네 마을 사람들은 마음까지 어둡습니다. 여기저기서 그들의 삶의 터전인 광산의 폐광 소식이 들려오고, 그에 따라 정다운 이웃들과 하나둘씩 헤어져야 하는 아픔을 맞고 있기 때문입니다.

다행히 상미 아버지께서 다니시는 광산은 아직 작업을 계속하고 있기에 상미네는 눌러 살고 있는 것입니다. 그러나 상미 아버지께서 다니시는 광산도 언제 문을 닫게 될지 아무도 모르는 일입니다. 이런 걱정 속에서 상미 아버지는 폐광이 되었을 때를 대비하지 않을 수 없었습니다. 그래서 시작한 것이 운전면허를 얻는 일이었습니다. 운전면허를 얻으면 허름한 중고트럭이라도 한 대 사서 야채 장사를 해보겠다는 생각에서였습니다.

광산일이 끝나고 난 저녁시간에 이십 여리 떨어진 읍내의 자동차 운전학원에 다니시려고 등록을 하시게 된 것입니다. 그날부터 상미 아버지는 지금까지 하루도 거르지 않고 석 달을 다니고 계셨습니다. 상미 어머니께서도 그때부터 부족한 생활비를 조금이라도 보태기 위해 읍내 식당에서 일을 시작하셨습니다.

상미 아버지께서는 그동안 실기시험에서 두 번 떨어지고, 오늘이 세 번째로 시험을 치르시는 날입니다.

'아빠, 오늘은 꼭 합격하세요!'

아빠와 엄마를 기다리는 상미의 눈에서는 금방 눈물이 쏟아지려고 했습니다. 남들은 여유가 있어서 넉넉한 마음으로 운전을 배우겠지만, 상미 아버지께서는 가족들의 생계에 대한 초조한 책임감으로 늦었지만 힘겨운 운전면허시험을 준비하고 계신 것입니다. 어젯밤에도 상미는 아버지께서 밤잠을 설치시는 것을 마음 아프게 지켜보아야 했습니다. 그래서 상미의 기도는 더욱 간절한 것입니다.

멀리서 자동차 소리와 불빛이 상미를 불렀습니다. 상미도 손전등을 흔들며 메아리처럼 반가운 대답을 했습니다. 자동차는 터덜거리며 상미를 향해 다가오더니, 곧 멈춰 섰습니다.

"아빠 어서 오셔요."

제법 많은 사람들이 내렸지만, 상미의 눈에는 아버지 모습만 보일 뿐이었습니다.

"그래, 상미가 나와 있었구나! 어서 들어가자."

상미는 '아빠 합격을 하셨지요?' 하고 묻고 싶었지만, 꾹 참았습니다. 그저 아버지를 여느 때처럼 반갑게 맞이할 뿐입니다. 그 옆에서 식당일을 마치고 돌아오시는 어머니와 학교에서 돌아오는 오빠와 언니가 조용히 웃고 있었습니다.

"너, 아빠께서 합격하셨는지 궁금하지?"

"……."

집이 가까워지자, 언니가 상미의 속마음을 두드렸습니다. 그래도 상미는 대답이 없었습니다.

"아빠께서 오늘은 합격하셨답니다."

"……."

상미는 고개를 돌리고 아버지를 쳐다봤습니다. 아버지께서 빙그레 웃고 계셨습니다.

"아빠……."

상미는 아버지를 꼬옥 껴안으며 눈시울을 붉혔습니다. 식구들 모두의 얼굴에서 괜한 눈물이 소리 없이 흘러내렸습니다.

"아빠 정말 축하드려요."

"축하는 무슨……."

그날 밤 상미네에서는 작은 잔치가 벌어졌습니다. 마당 우물가 평상에 수박과 참외가 놓이고, 평소에는 생각치도 못했던 맥주도 한 병 준비되었습니다.

"아빠, 다시 한 번 정말 축하드려요."

식구들이 앞 다투어 상미 아버지의 합격을 축하했습니다. 상미 어머니도 정말 기뻤지만, 마음으로 울다가 웃기를 반복할 뿐이었습니다.

'이보다 더 큰 기쁨이 하늘 아래 어디에 또 있을까? 수고하셨어요. 여보, 힘내세요.'

식구들 모두 이곳을 떠나는 날은 생각하기도 싫습니다. 그러나 밀려서 떠나게 되는 날을 생각하고, 한 가지라도 미리 대비를 했다는 것이 기쁠 뿐입니다.

희미한 백열등 불빛에 비친 상미 아버지의 하얀 머리칼이 오늘따라 별처럼 반짝이고 있었습니다.

하늘엔 해와 달과 별님이 있습니다. 땅에는 많은 생물들이 저마다의 빛을 꼬옥 간직한 채 살아가고 있습니다. 그 속에 우리들도 함께 살아가고 있습니다. 보미네와 상미네도 그런 우리들의 이웃입니다. ■

대한민국의 하늘 아래에는 수천만 명의 많은 사람들이 살고 있습니다. 남쪽과 북쪽으로 나뉘어 서로 다른 삶을 살고 있는지도 꽤 오래되었습니다. 그렇다고 남쪽이라고 다 똑같은 삶의 모습은 아닙니다. 물론 북쪽이라고 해서 다 똑같은 것도 아닙니다. 도시, 농·어촌, 산촌에서 여러 사람들이 다양한 모습으로 저마다의 행복을 만들며 살아갑니다. 어떤 사람들이 더 행복하게 살고 있다고 말할 수 있을까요? 그러다가 문득 해님과 달님은 누가 더 행복할까? 그런 엉뚱한 생각에 잠겨 봅니다.

'나랏길'의 깨달음

내 이름은 '나랏길'입니다. 사람들은 나를 젊잖게 '국도'라고 부른답니다. 내 옆에는 나보다 어린 '건방진 길'이란 놈이 쭈욱 뻗어 있습니다. 사람들은 그 녀석을 '고속도로'라고 부른다던가? 뭐, 그렇습니다.

그 건방진 녀석이 태어나기 전에는 세상 사람들 모두 나를 무척 사랑하였습니다. 내가 조금이라도 아플 때면, 의사처럼 길을 고쳐주는 사람들이 즉시 달려와서 아픈 곳을 싱싱한 모습으로 고쳐 주었습니다. 그 뿐만이 아니었습니다. 내 얼굴이 지저분해지기라도 하면, 청소하는 분들이 달려와서 깨끗하게 정리를 하고, 미용사처럼 예쁘게 화장도 해주었습니다.

그런데 저 '건방진 길'이란 놈이 생겨난 뒤로는 사람들 모두가 그 녀석에게 더 신경을 쓰는 것 같습니다. 그 동안 내가 받아왔던 사랑을 그 녀석이 송두리째 빼앗아가고 있는 것 같습니다.

'나랏길'은 오늘도 이런 생각들 때문에 머리가 무겁습니다.

그때였습니다. 멀리서 반가운 꼬마손님 나리가 '나랏길'을 향해 걸어 오고 있는 모습이 눈에 띄었습니다.

'오늘이 토요일인가?'

'나랏길'은 곰곰이 생각해 봅니다. 토요일이면 나리의 아빠와 엄마가 나리를 보러 오시는 날이기 때문입니다. 그런데 아무리 생각해봐도 오늘이 토요일은 아닌 것 같습니다.

그렇다고 '나랏길'을 찾아온 반가운 손님을 그냥 보낼 수는 없는 일이지요. '나랏길'은 예쁘게 꽃을 피운 코스모스와 함께 기쁜 마음으로 꼬마 손님을 맞이합니다. 바람을 불러 깨끗이 세수를 하고, 벙긋 웃음을 지어보이면서 말입니다. 이런 '나랏길'의 마음을 잘 알고 있다는 듯 나리도 밝은 웃음을 지으면서 사뿐사뿐 걸어왔습니다. 코스모스 사이로 길게 뻗은 '나랏길'의 얼굴을 주욱 훑어보면서 말입니다. 나리의 눈길이 닿는 그 곳으로 나리의 아빠와 엄마는 나리를 찾아오실 것입니다.

'그러나저러나 나리의 외할머니께서 걱정하실 텐데……'

나리의 외할머니께서는 자동차가 위험하니 큰길에는 나가

지 말라고, 늘 말씀하셨습니다. 그런데 나리는 외할머니께서 들에 나가신 사이에 몰래 '나랏길'까지 나오고 만 것입니다.

어찌되었건 가끔이지만, 이런 기쁨을 갖는 일은 '건방진 길'에게는 어림없는 일입니다. '나랏길'은 나리에게서 눈을 떼지 않았습니다. 나리를 만난 건 반가운 일이지만, 위험한 것은 사실이었거든요. '나랏길'은 코스모스의 뿌리를 힘껏 잡아당겼습니다.

"아야야야."

코스모스가 비명을 질렀습니다.

"미안하다, 코스모스야! 나리가 걱정이 돼서……. 위험하니 네가 나리의 관심을 끌어 봐."

"그렇다고 이렇게 아프게 해? 나리가 얼마나 영리한 아이인데……."

코스모스는 살랑바람을 불렀습니다. 살랑바람이 달려와 코스모스를 살랑살랑 흔들어 주었습니다.

"자, 코스모스야. 나리를 향해 예쁘게 춤을 추어 봐. 부드럽게……. 이번엔 힘차게……."

살랑바람의 지휘에 맞추어 코스모스는 온몸으로 춤을 추었습니다. 가냘픈 몸과 찢겨진 그물 같은 이파리들로 출렁이는 파도를 만들었습니다. 빨강, 분홍, 하얀색의 꽃들도 도리질을 해댔습니다.

　나리의 샘물 같은 두 눈이 반짝거렸습니다. 고사리 같은 손으로 코스모스 꽃들을 하나씩 만지작거리기 시작했습니다. 그러더니 코스모스와 살랑바람이 만들어낸 물결을 따라 두

팔을 쭈욱 뻗고 달리기 시작하였습니다. 이번엔 살랑바람을 거스르며 달려왔습니다. 예쁘게 묶인 나리의 머릿단이 연의 꼬리처럼 팔랑거렸습니다.

"애애애애 애앵. 애애애애 애앵……."

마치 제트기의 날개처럼 두 팔을 쫘악 펴고, 코스모스 꽃들을 쓰다듬으며 갓길을 이리 왔다 저리 갔다하는 나리를 보며, '나랏길'은 입을 다물지 못했습니다.

"고맙다, 코스모스야. 살랑바람아, 너도 고맙고!"

'나랏길'의 인사를 받은 살랑바람과 코스모스는 더욱 신이 나서 나리를 끌어 들였습니다. '나랏길'은 정말 신이 났습니다.

"야, 이 '건방진 길'아! 너 같은 애는 죽었다가 깨어나도 이런 일은 할 수 없을 거다. 그렇지?"

"……."

'나랏길'이 다시 나리를 만난 것은 몇 시간이 지난 뒤였습니다. 웬 자동차에서 반가운 목소리가 들려왔습니다. 정신을 차려 자세히 보니, 나리 아빠의 자동차였습니다.

"아빠, 시골엔 왜 가는 거예요?"

"으응, 추석이 내일 모레니까 조상님과 할아버지, 할머니를 찾아뵈어야지."

"조상님? ……."

추석이라는 말을 듣고 보니, 정말 몇 시간 전부터 자동차가 부쩍 붐비는 것 같았습니다. 나는 얼른 '건방진 길'을 쳐다봤습니다. 이때를 놓치지 않고 '건방진 길'이 한 마디를 합니다.

"보세요! 사람들이 나를 얼마나 사랑하는지……."

'건방진 길'에는 정말 수많은 자동차들이 쭈욱 늘어서 있었습니다. 사람들은 정말로 '건방진 길'을 많이 사랑하는 것 같았습니다. '나랏길'은 힘없이 고개를 떨궜습니다.

"아빠, 우리도 저쪽 길로 가겠죠?"

"그래야지, 이 길로 가다가 저 고속도로로 들어서야지."

"그럼 이 길은 고속도로가 아니야?"

"으응, 이 길은 국도란다."

나리의 엄마가 운전하는 아빠를 대신하여 대답해 주었습니다.

"엄마, 국도가 뭐야?"

"으응, 국도는 저기 있는 고속도로가 생기기 훨씬 전부터 있었던 길이란다."

"훨씬 먼저 생겼다고? 그럼, 국도가 고속도로의 조상이네?"

"뭐, 조상? 그래, 그렇구나! 하하하하."

나리의 아빠도 따라 웃으셨습니다. 나리 엄마는 '나랏길'과 '건방진 길'의 다른 점도 자세히 말씀해 주셨습니다.

"고속도로에는 자동차만 다닐 수 있지만, 국도에는 자동차는 물론이고 자전거, 오토바이, 경운기, 트랙터도 다닐 수 있단다. 갓길로는 사람들 도 다닐 수 있고……."

"국도는 조상님이니까?"

"뭐라고? 그래, 네 말이 맞다. 국도는 고속도로의 조상님이니까 그런가보다."

엄마는 나리의 '조상님'이라는 말이 무척 재미있는 모양입니다. 그런데 그 말은 '나랏길'에게도 이상한 맛을 주는 말이었습니다.

'내가 저 '건방진 길'의 조상님이라?'

왠지 부끄러운 생각이 들었습니다. 한편으로는 가슴이 후련하기도 했습니다. 뭔가 풀리지 않고 꽉 막혔던 문제들이 한꺼번에 풀리는 느낌이었습니다.

'그래, 내가 더 어른이지! 나는 저 고속도로가 할 수 없는 일도 할 수 있고……. 저 어린 꼬마 나리도 나를 알아보는데……. 날더러 저 고속 도로의 조상님이라고 하지 않아? 고맙

다, 나리야!'

그날부터 '나랏길'은 고속도로를 '건방진 길'이라고 부르지 않았습니다. 그래서인지 자동차가 밀리는 고속도로보다는 국도인 '나랏길'을 이용하는 사람들이 점점 많아지기 시작하였습니다. 다시 사랑받는 '나랏길'이 되기 시작한 것입니다. ■

☞ **작가의 말**

'온고지신(溫故知新)'이란 말이 있습니다. '옛것을 익히고, 그것을 통해 새것을 안다'는 말입니다. 그런데 세상이 빠르게 변하고 있습니다. 그 과정에서 '옛것'은 무조건 고리타분하게 여기고, '새것'만을 찾는 사람들이 많습니다. 그러나 우리의 '옛것'도 아끼고 사랑하며 소중히 여기면 좋겠습니다. 물론 '새로움'을 추구하는 것이 나쁜 일은 아닙니다. 새로움을 추구하더라도 옛것도 함께 아끼고 사랑하면 좋겠다는 생각을 해 봅니다. 그러면서 '나는 어디에서 왔고, 내가 할 일은 뭘까?'를 생각해 봅니다.

나이를 거꾸로 먹는 천사

엊그제까지 칼날 같던 바람이 오늘은 촉촉한 누룽지 같은 고소함을 솔솔 뿜어댑니다. 그래서인지 엄마의 손을 꼬옥 잡고 다니던 '글빛'이가 오늘은 혼자서 사뿐사뿐 날아다닙니다. 모처럼의 나들이에 엄마도 서서히 올라오는 들녘의 봄기운을 흠뻑 마셨습니다.

"엄마, 나 배고파"

"그래에? 이제 그만 집에 갈까?"

"싫어."

"배가 고프다면서?"

"……"

엄마는 글빛이의 손을 잡고 집으로 향합니다. 그러나 왠지 글빛이의 얼굴은 쓰다버린 종이처럼 구겨진 모습입니다.

"엄마 젖 좀 먹으면 안 돼?"

"무어? …… 엄마 젖이 어디 있다고 그래?"

그리고 보니 요즘 들어 글빛이가 부쩍 이상해졌습니다. 다섯 살이나 된 녀석이 부쩍 '엄마 젖타령'을 해대는 것입니다. 잘 먹던 밥도 안 먹겠다며 버티기도 하고 말입니다.

"이 녀석아, 다 큰 녀석이 엄마 젖은 무슨……"

엄마는 글빛이를 번쩍 들어 안고서 뾰로통하게 부르튼 입술에서 '쪼옥' 소리가 나게 해줍니다. 복숭아 빛이 감도는 두 볼에서도 같은 소리가 납니다.

"집에 가서 우유나 먹자. 밥도 먹고……"

"……"

"왜 말이 없지?"

"엄마 젖을 먹고, 더 놀다 가면 안 돼?"

"뭐어? ……"

우유를 주면 그렇게 좋아했는데, 자꾸 다른 소리만 하니 엄마는 너무 어이가 없었습니다. 봉지의 우유를 컵에 담아주겠다고 해도 자기가 봉지를 열어 마시던 녀석이 왜 이러는지 웃음까지 나옵니다. 봉지를 들고 마시다가 실수를 하여 하얀 비를 내리게 해서 볼기짝을 맞으면서도 기어코 그렇게 먹겠다고 우기던 녀석인데 말입니다.

"엄마 젖은 네가 어렸을 때 다 먹어서 지금은 없는데?"

"······."

"그리고 다른 사람들이 보면 흉본다."

"······."

'흉을 본다'는 말에 글빛이는 눈이 둥그레지더니, 고개를 돌려 이쪽저쪽을 살펴봅니다. 그러더니 야릇한 웃음을 지어 보입니다.

'징그럽게 이 녀석이 왜 이러지?'

그래도 글빛이는 사랑스런 엄마의 아들입니다. 엄마는 글빛이를 더욱 꼬옥 안아줍니다. 힘들어서 그만 땅에 내려놓고 싶었지만, 꾹 참으면서 그냥 걸어갑니다.

집으로 가면서 엄마의 머릿속은 옛날로 달려갑니다. 처음 글빛이를 뱃속에 가졌을 때의 기쁨, 태어나서 '글을 밝히는 빛이 되라'는 뜻으로 '글빛'이란 이름을 짓고 났을 때의 뿌듯함, 젖을 먹이면서 누렸던 옹골찼던 그 마음······. 모든 것들이 한 꺼번에 밀려와 엄마를 행복하게 해줍니다. 힘들었지만, 기쁜 날들이었습니다.

엄마젖을 먹다가 언제부턴가 젖병으로 우유를 먹었고, 이젠 젖병 없이도 우유봉지를 열어서 먹고, 밥도 잘 먹을 만큼 자란 글빛이입니다. 두 손으로 안고 걷는데도 힘이 들 만큼 자란 대견스런 아들입니다.

어느새 집 앞에 다다랐습니다.

"자, 다 왔다. 우유나 먹자!"

엄마가 우유봉지를 내밉니다. 그러나 글빛이는 우유봉지를 보고도 반가워하는 것 같지 않습니다. 배가 고플 텐데도 엄마만 물끄러미 쳐다보고 있을 뿐입니다.

"엄마……. 사람들도 안 보는데……. 한 번만 엄마젖 먹으면 안 돼?"

"뭐어? 이 녀석 좀 봐! 안 돼!"

"안 돼? 그러니까 엄마는 살만찌지."

"뭐, 살만 쪘다고?"

"그래, 자꾸 배가 나오잖아."

그래놓고 엄마는 생각에 잠겼습니다.

'이 녀석아, 엄마는 살이 찌는 게 아니고, 뱃속에 네 동생이 커가고 있는 거야.'

잠시 후, 모처럼 끓인 젖병이 준비되고 그 속에 우유가 가득 들어갑니다. 그리고는 엄마는 모처럼 젖가슴을 풀어 제치고, 글빛이를 두 무릎에 눕힙니다. 그리고는 젖병의 꼭지를 입에 물려줍니다. 글빛이의 얼굴에 예쁜 꽃이 활짝 핍니다.

글빛이는 세 살 먹은 어린애가 되었습니다. 나이를 거꾸로 먹는 글빛이는 엄마 젖꼭지를 만지작거리며 우유를 쪽쪽 빨아 먹습니다.

'글빛아, 그 젖병은 엄마 뱃속의 네 동생이 태어나면 쓸 것이란다. 그리고 네 동생이 태어나더라도 글빛이 너는 변함없이 사랑스런 내 아들이란다.'

엄마의 마음을 모두 읽었는지 글빛이의 눈이 스르르 감깁니다. 한없이 고요하고 넉넉한 바다같이 고요한 모습입니다. 천사가 있다면, 바로 그런 모습일 것처럼 말입니다.

글빛이의 동생도 그런 모습으로 이 세상에 태어날 것입니다. 창밖에는 봄볕이 바스스 부서지고 있었습니다. ■

☞ **작가의 말**

사람은 나이를 먹을수록 성숙해집니다. 그런데 때로는 나이를 거꾸로 먹는지, 어린애처럼 행동하여 주변의 많은 사람들을 놀라게 하기도 합니다. 그러면서 '나는 어떤 때 어린애처럼 행동했을까?'를 되돌아 생각해봅니다. 여러분은 어떻습니까? 혹시 동생이 태어날 때 엄마를 힘들게 하지는 않았나요? 엄마의 사랑을 독차지하려고 말입니다.

용돈을 벌어서 쓰는 아이들

"날씨가 따뜻해지고 있습니다. 무엇을 주의해야 할까요?"

"……"

"왜 대답이 없지? 따뜻하면 무엇이 나온다던데?"

"나오긴 무엇이 나와요? …… 아! 뱀인갑다."

뱀이란 말이 나오자, 여학생들은 인상을 찌푸리고 있었다.

"그래요. 이곳엔 뱀 중에서도 무서운 독사가 많은 고장이니, 물리면 어떻게 되는지 잘 알고 있을 거예요. 주의하도록 하세요."

"……"

"왜 대답이 없지?"

선생님의 긴 설명에도 불구하고 아이들은 별 대답이 없었다. 선생님의 계속되는 다그침에 '네' 소리가 나왔지만, 그 소리는 왠지 작게만 들렸다.

  그러던 며칠 후 아침이었다.
  "선생님, 춘식이는 뱀을 학교에 가져왔대요."
  유난히 겁이 많은 영숙이가 얼굴을 찡그리며 말했다. 깜짝
놀란 선생님께서 춘식이를 불러 세웠다.
  "춘식아, 뱀을 가져왔다니 무슨 말이냐?"
  "오늘 아침 오는 길에 뱀을 팔고 와야 하는데, 학교에 늦을
까봐 뱀을 못 팔고 왔어요."
  "뭐어?"
  춘식이가 병에 담아온 여러 마리의 뱀을 보며 이야기를 나
누던 선생님은 정신이 하나도 없었다. 차근차근 이야기를 나
누다보니, 반의 남학생들 대부분이 뱀을 잡아서 팔고 있다는
것을 알았기 때문이었다.
  "너희들 모두 이리 나와. 선생님이 뭐라고 했어? 뱀을 주의
하라고 했지? 그런데 뭐 뱀을 잡아? 너희들 죽고 싶어? 죽는
건 싫지? 응? 그런데 왜 선생님 말을 안 들어?"
  선생님은 놀라서 급한 마음에 혼자 묻고, 혼자 대답하며 아
이들을 다그쳤다. 이 기회에 뱀을 잡는 버릇을 단단히 고쳐 주

고 싶었다. 목숨을 잃을 수도 있는 일에 아이들이 나서고 있
다는 것이 어처구니가 없을 뿐이었다.

　모두에게서 뱀을 잡지 않겠다고 약속을 받아 낸 선생님은
그 이유를 차분히 설명하셨다. 아이들은 모두 고개를 숙이고
있었다.

"모두들 들어가거라."

"그런데 선생님, 그러면 우리는 무엇으로 용돈을 마련해서 쓰지요?"

"용돈이라니?"

춘식이가 용돈 이야기를 꺼내자, 다시 아이들이 술렁이기 시작했다. 아이들의 말에 의하면, 자기들이 쓰는 용돈의 대부분이 이렇게 해서 마련된다는 것이었다. 부모님께서는 용돈을 주시지 않기 때문에 자신들이 더덕을 캐고, 뱀을 잡고, 겨울에는 식용 개구리를 잡아서 팔아 용돈을 마련한다는 것이었다.

그렇게 마련한 돈으로 저금을 하고, 학습 참고서를 사 보고, 필요한 돈도 내며, 군것질도 한다는 것이었다. 그런데 선생님께서 왜 뱀을 못 잡게 하느냐는 항변 같았다. 마치 선생님께서 용돈을 대신 주시겠냐는 분위기였다.

갑자기 선생님께서 할 말을 잃고, 차츰 말씀이 적어지자, 아이들은 말보따리를 술술 풀기 시작했다. 더덕은 어느 산에 가면 많이 있는데, 산에 들어갔을 때 냄새가 나므로 금방 캘 수 있으며, 뱀도 잘 나오는 곳이 있어서 한 바퀴 비잉 돌고나면 몇 마리는 잡을 수 있으며, 겨울이 되면 장화를 신고 산골짜기의 물이 흐르는 곳에 가서 돌을 치우면, 식용 개구리도 얼마든지 잡을 수 있다며 자랑이 대단하였다. 한 아이가 이야기를 꺼내면, 다른 아이들은 계속 고개를 끄덕이며 보충설명까지 하며 거들었다.

선생님은 그들의 이야기에 빠져들고 있었다. 처음 듣는 이야기라서 신기하기도 하고 재미도 있어서 같이 함께 고개를 끄덕이기까지 하였다.

"그래도 뱀을 잡는 것은 너무했다. 더덕을 캐는 것은 몰라도……."

"더덕을 캐러 산에 가면 뱀을 만나게 되는데요?"

그럴 때는 뱀을 어떻게 해야 하느냐는 것이었다. 더욱이 독사는 우리 고장사람들이 물려서 목숨을 잃을 수도 있는데, 오히려 잡아서 없애야 하지 않겠냐는 것이었다.

"아무튼 뱀을 잡는 일은 안 된다. 돈을 버는 것도 좋지만, 사람의 목숨이 더 소중한 것이니까! 그리고 '야생동물 보호 및 관리에 관한 법률'이 있어요. 그래서 뱀과 개구리를 잡는 것은 법을 어기는 일이기도 하단다."

"……."

"그 대신 뱀에 물리면, 지방자치단체인 군청에 보상을 신청할 수도 있어요."

"보상을 해줘요? 얼마를 주는데요?"

"법규에 따라 필요한 서류를 작성하여 군청에 제출하면 되는데, 피해보상 금액은 지방자치단체별로 조금씩 다르다고 하더구나!"

"……"

선생님은 그렇게밖에 할 말이 없었다. 아이들은 아무 말이 없었다. 용돈을 벌어야 하는데 법을 어기는 일이라고 하니, 걱정스럽기까지 한 것이었다. 한동안 고요한 침묵이 교실을 감싸고 있었다. ■

☞ **작가의 말**

도시에서는 뱀을 만나는 건 어려운 일이겠지만, 산골엔 밖에 나가면 자주 만날 수 있었습니다. 뱀은 기온과 습도가 높은 여름철에 주로 출몰합니다. 그러므로 비가 그친 뒤 해가 갑자기 강하게 내리쬐는 날이나, 주변에 풀숲이 많은 아파트 단지나 주택에서는 야외활동에 특별한 주의가 필요합니다. 혹시 아파트 단지에서 뱀을 마주쳤을 때도 관리직원이나 입주민이 직접 뱀을 잡는 행위는 불법이라고 합니다. 따라서 뱀을 발견했을 때는 119에 신고를 해야 하고, 119대원이 포획한 뱀은 다시 야생으로 돌려주게 된다고 합니다.

탤런트의 결혼식

'한나'는 오늘도 텔레비전 앞에 앉아서 눈을 떼지 않습니다. 아빠는 공부는 하지 않고 텔레비전 앞에만 앉아 있는 그런 한나가 걱정이 되고 싫었지만, 요즈음은 거의 포기한 듯합니다. 엄마의 적극적인 응원과 뒷받침이 있는데다가, 한나도 이미 텔레비전에 출연한 적이 있는 꼬마탤런트이기 때문입니다. 그래서 아예 한나의 방에 텔레비전 한 대가 따로 놓여지게 되었습니다.

"와아, 멋있다!"

마침 텔레비전에서는 요즘 연예계의 화젯거리인 남녀 톱 탤런트 '최시종'과 '하유라'의 결혼식 장면이 방송되고 있었습니다. 하늘 높은 줄 모르고 치솟던 인기만큼이나 결혼식장면은 정말 요란스러웠습니다. 어떤 방송국에서는 그들의 결혼식에서부터 신혼여행까지의 모든 과정을 카메라에 담아 방송하기로 계약까지 하였다고 하니, 그들의 결혼식은 꼬마탤런트인 한나의 관심을 끌기에 충분한 것이었습니다. 한나가 생각하기엔 국민 모두가 관심을 갖고 있다고 생각되었습니다.

'우리 이모도 저런 결혼식을 할 수 있을까?'

'어쩌면 나도 하유라 언니처럼 저런 결혼식을 하게 될지 몰라……'

한나는 이모의 결혼식 모습을 머릿속에 그리면서 자리를 고쳐 앉았습니다. 그렇게 한나는 온통 결혼식 장면에 취해 있었습니다.

한나의 이모는 아직 얼굴과 이름이 잘 알려져 있지 않은 신인 탤런트입니다. 그러나 한나와 한나 엄마는 이모가 틀림없이 인기 탤런트가 될 것이라는 믿음이 컸습니다. 또 그래야만 한나도 이모의 작은 도움이라도 받아가면서 탤런트로 쑥쑥 커갈 수 있을 것이라는 기대 때문입니다.

사실 한나가 탤런트가 된 것은 순전히 이모의 덕택이었습니다. 이모를 따라 방송국에 갔다가 감독님의 눈에 떠어 우연히 텔레비전에 나오게 되었던 것입니다. 그때는 처음이라서 고생을 많이 하면서도 텔레비전에 나온다는 설렘 때문에 힘든 줄도 몰랐습니다.

한나의 모습이 텔레비전에 처음 방영되었던 날에는 시골에 계신 할아버지 할머니께는 말할 것도 없고, 일가친척, 친구들에게 전화를 걸어서 '한나가 텔레비전에 나온다'는 사실을 미리 알리고, 가족 모두가 텔레비전 앞에 숨을 죽이고 앉았습니다. 그러나 텔레비전에 비친 한나의 모습은 그야말로 잠깐이었습니다. 한나네 식구들은 촬영할 때 고생을 많이 한만큼 기대도 컸었는데, 기대와는 너무나 동떨어지게 아주 잠깐 화면에 비춰진 것이어서 실망은 이루 말할 수 없었습니다. 비디오로 녹화까지 해두었지만, 지금 보아도 너무 했다는 생각이 들 정도였습니다.

"이까짓 것 나오게 하려면서 찍기는 왜 그렇게 많이 찍어?"

한나 엄마는 흥분해서 죄 없는 이모에게 전화를 걸어 화를 냈습니다. 그러자 이모는 누구나 처음엔 다 그러는 것이라고 말했지만, 한나 엄마를 비롯한 식구들 모두는 실망이 크고 화도 나서 잠시 할 말을 잃은 듯 침묵의 시간을 보냈습니다.

어찌되었건 한나는 텔레비전에 나온 꼬마 탤런트인 것만은 분명합니다. 학교에서 친구들의 반응도 여러 가지였습니다.

"그까짓 것 나오면서 자랑하고, 뻐기기는……."

"그렇게 잠깐 나왔어도 탤런트라고 할 수 있나?"

"'엑스트라'라는 것도 있지 않니?"

"그래도 텔레비전에 나왔으니까 탤런트는 탤런트이지."

그러나 다행히 한나의 방송 출연은 여기서 그치지 않았습니다. 엄마는 그 뒤로 기어코 감독님을 찾아가서 만났습니다. 감독님은 한나 엄마를 만나자마자 한나가 연기에 소질이 있다고 말씀하셨습니다. 그러면서 연기학원에도 다녀보는 게 어떻겠느냐고 말씀하셨습니다. 그래서 한나는 일주일에 두 번씩 연기지도를 받으러 연기학원에 다니게 되었습니다. 그날은 날마다 다니는 속셈학원도 빠지고, 학교 숙제도 못하게 됩니다. 그러나 그것은 그렇게 중요한 일이 아니었습니다. 힘은 들었지만 그 때문에 몇 번 더 텔레비전에 출연하게 되었거든요.

그러나 한나의 그런 일들 때문에 힘든 일도 많아졌습니다. 한나 때문에 아빠와 엄마가 다투시는 날도 많았기 때문입니다. 녹화가 있는 날은 학교를 빠지기도 해야 했고, 어떤 날은 기다리고만 있다가 그냥 돌아오는 날도 있었습니다. 그런 날은 다음날 녹화를 위해 다시 학교를 빠져야 했기에 정말 힘이 들었습니다. 그런 날은 아빠의 반대가 더욱 심하셔서 한나와 엄마는 더욱 힘이 들었습니다.

아무튼 최시종 오빠와 하유라 언니의 결혼식장면은 한나에게 한없이 아름다운 모습으로 다가왔습니다. 화려한 결혼식 모습은 말할 것도 없고, 결혼 발표 때부터 지금까지 신문, 방송, 잡지들의 보도 내용은 정말 대단하였습니다. 오죽 언론의 관심이 컸으면 한 방송국에서 독점 계약을 하고, 신혼 여행지까지 따라다니며 녹화방송을 하겠다고 했겠습니까?

'나도 저런 스타가 되어서, 크면 저렇게 화려한 결혼식을 올리고 싶은데……'

한나가 갑자기 부쩍 커졌습니다. 꾸준히 연기지도를 받으며, 자신도 노력한 결과 이름이 꽤 알려진 여자 탤런트가 된 것입니다. 무엇보다도 엄마의 열성적인 뒷받침이 있었기에 가능한 일이었습니다. 이제 어디를 가더라도 한나를 알아보는 사람들이 많아서 오히려 불편할 정도가 되었습니다.

그래도 한나는 거기에 만족하지 않고, 자기에게 역할이 주어지면 그것을 소화해 내기위해 밤잠을 설치며 연습을 하였습니다. 그래서 그에게는 '악발이'라는 별명이 붙을 정도였습니다. 그렇게 노력한 결과, 한나가 출연하는 텔레비전 드라마는 대부분 인기 드라마가 되었습니다. 시청자들은 한나의 연기를 보면서 혀를 끌끌 찼습니다.

"어쩌면 저렇게 연기를 잘 하지?"

"발랄한 여학생 역할에서부터 멜로드라마까지 못하는 역할이 없다니까!"

"정말 대단한 탤런트야."

텔레비전, 신문, 잡지에서도 그런 한나의 모습을 놓칠 리가 없었습니다. 스포츠신문이나 연예잡지에서는 보도 내용이 더욱 화려했습니다.

한나는 모든 사람들이 거의 날마다 텔레비전, 신문, 잡지에서 만날 수 있는 그런 인기 탤런트가 된 것입니다. 드라마는 물론이고, 광고모델, 잡지의 표지모델로도 등장하는데다가 가끔 영화와 연극에서도 한나를 볼 수 있었기 때문에, 한나는 누구든지 어디에서나 볼 수 있는 많은 사람들의 연인이 되어 있었습니다.

한나가 나타나는 곳은 어디든지 북새통이었습니다. 한나의 얼굴을 보기 위해, 말을 걸어 보기 위해, 사인을 받기 위해, 취재하기 위해 모여드는 사람들로 북새통을 이루었습니다.

'한나 신드롬'이라는 말까지 생겨났습니다. 중·고등학생들은 말할 것도 없고, 어린이들의 공부방, 심지어 필통에도 한나의 사진이 덕지덕지 붙어 있을 정도였습니다.

최시종과 하유라와 같은 진짜 결혼식은 아니었지만, 한나도 결혼식을 많이 올렸습니다. 화려한 결혼식, 슬픈 결혼식, 재미있는 결혼식, 말도 안 되는 결혼식들을 텔레비전 드라마나 영화를 통해 여러 차례 올렸습니다. 그때마다 신문, 잡지에서는 진짜로 곧 결혼식을 올릴 것이라는 등 관심도 많았습니다. 어떤 때는 자기들 멋대로 기사를 써서 한나를 속상하게도 하였습니다. 사실이 아닌데도 사실인 것처럼 알려져서 사람들의 입방아에 오르내리곤 하였습니다. 그러나 한나는 차츰 그런 일에도 익숙해져갔습니다.

어쩌면 한나의 소원이 이루어질지도 모릅니다. 아니 벌써 이루어진 것이나 다름이 없는 일이었습니다. 마음만 먹는다면 최시종과 하유라의 결혼식보다 몇 배 요란스런 결혼식을 올릴 수 있을 것 같았습니다. 무엇보다도 한나의 마음속에는 같이 결혼식을 올리고 싶은 상대가 있었기 때문입니다. 서로 좋은 감정을 가지고 만나고 있기는 하지만, 결혼까지 할 사람이라고 하기에는 조금 빠르기는 했습니다. 두 사람 모두 너무 바쁘기도 했습니다. 그 사람 역시 요즘 한창 인기를 끌고 있는 영화배우였기 때문입니다.

그런 두 사람이 만나게 되었습니다. 두 사람이 주인공이 되어 영화를 촬영하게 된 것입니다. 두 사람이 결혼을 해서 벌이는 이야기라서, 영화 속에서 가짜 결혼식도 올리게 되었습니다. 이 영화는 촬영을 시작할 때부터 세상 사람들의 관심을 끌기에 충분했습니다. 출연료가 어떻고, 제작비가 어떻고, 내용이 어떻고 하면서 두 사람에 대한 관심까지 겹쳐 인기가 하늘 높은 줄을 모르고 치솟았습니다. 더구나 촬영에 들어가면서 두 사람은 기다렸다는 듯이 진짜 결혼식을 올린 부부처럼 어찌나 실감나게 연기를 잘 하던지, 촬영을 할 때마다 화제가 되었습니다. 연예계 소식을 전하는 신문, 잡지들이 날마다 입방아를 찧어댔습니다. 그러나 그들은 아랑곳하지 않았습니다.

'왜 진즉 이런 자리를 만들어 주지 않았어?'

두 사람의 연기는 늘 이렇게 말하는 것 같았습니다. 그래서인지 여러 개봉관에서 이 영화를 자기 극장으로 끌어오기 위해 수입한 외국 영화의 상영을 뒤로 미루고, 이 영화의 촬영이 끝나기도 전에 줄을 섰습니다.

영화가 개봉되던 날은 극장 앞이 마치 전쟁터와 같았습니다. 두 사람의 사인회도 함께 열렸기 때문입니다. 수많은 사람 속에 파묻힌 그들은 한없이 행복했습니다. 그들 앞에서 두 사람은 무언가를 말해야 했습니다. 둘이서 무대 위에 올라섰습니다.

"……. 그리고 이렇게 저희들을 사랑해 주시는 여러분 앞에서 저희들이 머지않아 진짜 결혼식을 올리게 되었다는 소식을 전해드립니다."

박수소리, 휘파람소리, 플래시 터지는 소리가 극장 안을 휩쓸었습니다.

그리고 두 사람은 신혼여행을 떠나기 위해 한 달간의 일정으로 비행기에 올랐습니다. 비행기가 하늘 높이 솟아올랐습니다. 피곤함이 한꺼번에 밀려와 눈을 감았습니다. 비행기는 자꾸만 높이높이 떠올랐습니다. 머리가 어지러웠습니다.

'비행기가 왜 이렇게 솟아오르기만 하지?'

이상한 생각이 들었습니다. 한나는 눈을 가느다랗게 뜨고, 고개를 돌려 보았습니다. 그런데 이게 웬일입니까? 비행기 안이 텅텅 비어 있었습니다.

'어, 모두들 어디 갔어?'

하나의 옆자리도 텅 비어 있었습니다. 깜짝 놀란 하나는 자리를 박차고 일어났습니다. 그러나 몸이 꼼짝도 하지 않았습니다. 일어나려고 몸부림칠수록 몸이 찰싹찰싹 달라붙었습니다.

"이게 뭐야, 어엉? 사람 살려! 사람 살려!"

아무리 소리쳐도 목이 꽉 메일뿐, 들어 주는 사람이 없었습니다. 갑자기 무서움이 왈칵 밀려 왔습니다.

'그런데 이 비행기는 어디로 가는 거야, 으응?'

다시 둘러보니 비행기는 한나가 혼자타기에 알맞을 정도의 작은 로켓같았습니다. 그러는 사이에 비행기는 서서히 속력을 줄이더니, 금방 멈추어 섰습니다. 창밖에는 이상한 모자를 쓴 사람들이 보였습니다.

"사람 살려! 사람 살려!"

한나의 비명소리를 들었는지 두 사람이 다가와서 문을 열어주었습니다.

"여기가……"

한나가 말을 꺼내려고 하는데, 그러기도 전에 모자를 쓴 두 사람이 다가와 죄인을 다루듯 팔 한 쪽씩을 붙잡고는 어디론가 끌고 가는 것이었습니다.

"아니 왜 이래요? 여기는 어디죠?"

한나의 다급한 물음에도 그 사람들은 아무 관심이 없다는 듯 대꾸도 않았습니다. 주위의 많은 사람들도 물끄러미 쳐다보기만 할 뿐이었습니다.

한나는 수염이 허연 할아버지 앞으로 끌려갔습니다. 텔레비전에서 본 임금님의 모습과 비슷했습니다. 한나는 정신이 하나도 없었습니다.

"허어, 저런저런……. 개인생활이 복잡했구나!"

"……"

"저기 저 사람이 제 짝이니 그 방으로 보내도록 하여라."

수염이 허연 할아버지가 가리키는 쪽을 쳐다보니, 커다란 거울 속에는 어디서 본 듯한 사람이 방안에서 무엇인가를 하고 있었습니다.

"저 사람이 누구죠?"

"네 남편도 몰라본단 말이냐?"

"저 사람이 제 남편이라고요?"

"저 세상에서 하도 결혼식을 많이 해 놓았으니, 제 짝도 제대로 못 찾는 모양이구나! 빨리 그곳으로 데려다 주도록 하여라."

"예? 저 세상에서 결혼을……"

그 말이 떨어지기가 무섭게 큰 거울에는 한나가 결혼하는 장면이 차근차근 비춰지기 시작하였다.

"아니, 저건 텔레비전 드라마와 영화에서……."

"저 방에 있는 사람이 너의 남편이다. 이제 알아보겠느냐?"

한나는 고개를 절래절래 흔들며 이상한 거울을 다시 찬찬히 들여다보았습니다. 그랬더니 거울 속의 한나의 모습이 천천히 일그러져서 곧 이모의 얼굴로 바뀌었습니다. 이모의 얼굴은 다시 탤런트 하유라의 모습이 되었습니다. 그러더니 거울 속의 얼굴은 곧 엄마의 얼굴이 되었다.

"이제 알아보겠느냐?"

다시 고개를 들어 소리가 나는 쪽을 쳐다보니, 수염이 허연 할아버지의 모습이 변하기 시작했습니다. 갑자기 임금님의 머리카락에 검은 색이 섞이고, 하얀 수염도 다듬어지는 것이었습니다. 그 모습은 시골에 계시는 할아버지의 인자한 모습 그대로였다.

"으응……?"

다시 큰 거울로 고개를 돌려 보았더니, 거울 속에서는 엄마가 밝게 웃고 계셨다. 눈을 비비며 고개를 돌리니, 역시 할아버지께서 빙긋이 웃고 계셨다. 몇 번을 확인해도 마찬가지였다.

"엄마……. 할아버지……. 엄마아아! 할아버지이이!"

있는 힘을 다해 소리를 질렀더니, 꽉 막힌 것 같던 목이 시원해지기 시작했다.

"그래 엄마 여기 있다. 이제 그만 자고 일어나거라. 자고 있으면서도 들을 건 모두 들었나보구나! 할아버지께서 오신 것도 알고……."

"으응? 엄마! 할아버지? 할아버지께서 오셨어요? 진짜?"

"그래, 어서 일어나서 인사드려야지."

한나는 벌떡 일어나서 큰 방으로 달려갔습니다.

"할아버지이!"

"그래그래, 우리 예쁜 손녀 한나로구나! 낮잠은 잘 잤어? 많이 컸구나. 이젠 시집가도 되겠는데?"

"예? 시집? 나 결혼 안할래요."

"허허, 그런가 볼까? 우리 꼬마 탤런트께서 결혼을 안 하신다고?…… 음 그래, 결혼은 신중히 해야 하는 것이여!"

모두들 웃음보따리를 풀어 놓았습니다. 한나네 식구 모두의 개성 있는 웃음소리가 어우러져 합창이 되었습니다. 어리둥절하던 한나도 한참 만에 가족합창단원이 되어 쑥스러운 웃음소리로 합창에 끼어들었습니다. ■

우리는 지금 살고 있는 현실 세계를 '이승', 죽은 뒤에 그 영혼이 가서 산다는 세상을 '저승'이라고 부릅니다. 그러면서 흔히 사람이 죽으면 '이승'에서 못 다한 것들을 '저승'에서 만나서 이루자고 말하기도 합니다. 그런데 요즘엔 옛날에 비해 이혼가정이 상당히 많아졌습니다. 유명 탤런트나 영화배우들의 이혼은 더욱 심합니다. 두 번 이상 결혼하는 경우도 흔히 볼 수 있습니다. 거기에 드라마나 영화, 연극에서 배역을 맡아 극중에서도 결혼을 하는 경우까지 있으니······. 이럴 때 하늘나라의 임금님은 죽어서 '저승'으로 온 영화배우나 탤런트들을 누구와 만나서 살게 해줄까요? 남편이 여러 명이고, 아내가 여러 명이었던 사람들······. 참 궁금했습니다.

목수할아버지의 소원

"어허, 저런저런! 저게 어느 나라 집이야?"

머리가 허연 할아버지 한 분의 한숨 섞인 작은 목소리가 대한민국 서울의 한 구석에 흩어집니다. 곳곳에 세워지는 크고 작은 집들이 하나같이 마음에 들지 않습니다.

"저기엔 저런 집을 짓는 게 아닌데……"

할아버지는 허연 머리카락 한 줌을 휘어잡으며, 까만 옛날의 기억들을 잡아당기고 있었습니다. 어느새 큰 목수인 자신의 지휘아래 수십 명의 작은 목수들이 분주히 움직이는 모습이 그려지더니, 금세 집 한 채가 뚝딱 세워집니다.

'그래그래, 저기엔 그런 집을 지어야 해.'

할아버지의 얼굴에 깊게 파인 굵직한 주름살이 하회탈의 미소를 만들고 있었습니다. 할아버지 얼굴에서 이런 모습을 발견하기는 쉬운 일이 아니었습니다. 할아버지의 얼굴에서 웃음꽃이 줄을 서며 뭉게뭉게 피어오릅니다.

'내 손으로 다시 집을 지을 수는 없을까?'

이제는 늙고 힘없는 한물간 옛날 목수이지만, 갑자기 다시 집을 짓고 싶은 마음이 콸콸 솟구쳤습니다. 아니 갑자기라고 할 것도 없었습니다. 그간 도대체 마음에 드는 곳이라고는 눈곱만큼도 없는 집들이 쑥쑥 올라가는 모습을 수없이 보아왔습니다.

'도대체 요즘 사람들은 알 수가 없단 말이야. 저 따위를 집이라고……'

목수할아버지는 이런 생각을 하면서 불쑥불쑥 집을 짓고 싶다는 생각을 키워왔던 것입니다. 이제 다시 집을 짓게 된다면 '집은 이렇게 짓는 것'이라고, 본때를 보여주고 싶었습니다. 이제는 누가 뭐래도 정말 멋진 집을 지을 수 있을 것 같기도 했습니다. 그래서 할아버지는 아주 눈을 감기 전에 정말 멋진 집 한 채를 짓고야 말겠다는 생각을 굳혔습니다. 안타깝게 사라져 가는 우리의 멋과 정신을 잃지 않은 그런 집 한 채를 짓고 싶었습니다.

그날부터 할아버지는 이곳저곳을 돌아다녀야 했습니다. 이제는 어지간한 회사를 이끄는 큰 목수들로 훌쩍 커버린, 옛날에 데리고 있었던 작은 목수들을 찾아다녔습니다. 가는 곳마다 자신의 계획을 설명하며 그런 집을 지을 기회를 만들어 달라고 부탁하였습니다.

그러나 어느 곳에도 그런 기회는 기다리고 있지 않았습니다. 어떤 이는 콧방귀를 콩콩 뀌었습니다. 이 넓고도 좁은 서울 땅에서 높다란 빌딩을 짓는 것 말고 무엇을 더 지을 수 있느냐는 것이었습니다. 이런 날에는 할아버지의 기분이 영 말이 아니었습니다. 술이라도 한 잔 드신 날에는 술주정으로 비칠 말씀도 서슴없이 쏟아놓으시며 설움을 달랬습니다. 힘 빠진 목수할아버지의 이런 모습을 술도 알아차렸는지, 마음씨 고약한 술이 할아버지의 두 다리를 사정없이 걷어 차버려서 비틀비틀 걷는 날이 무척 많아졌습니다.

"이놈들아, 그런다고 내가 못할 것 같으냐? 못 지을 줄 알아? 어림없는 소리."

그러나 그런 집을 지으려는 사람이 없을 뿐더러, 있다고 해도 이제는 늙고 힘없는 목수가 되어버린 할아버지의 몫은 어디에도 없었습니다. 그래도 옛날부터 목수할아버지를 잘 아는 사람들은 그 분이 보통 목수가 아니었다는 것은 알고 있었습니다. 보통사람들과는 다른 괴팍한 성격, 그것까지도 존경스럽게 생각하는 사람들이 꽤 많았습니다. 그런 사람, 그런 제자를 만나는 날은 정말 기분이 좋은 날이었습니다.

"네, 잘 알겠습니다. 제가 그런 일이 있는지 알아보겠습니다. 있으면 즉시 연락드리겠사오니 걱정하지 마시고, 오늘은 모처럼 오셨으니 술이나 한 잔 드시고 가시지요."

빈 말일지라도 이렇게 말대접, 술대접을 받는 날이면 마음먹은 집을 금방이라도 지을 수 있을 것 같아서 정말 기분이 좋았습니다. 이런 날은 술에 취하고, 기분에 취해서 온몸이 더욱 비틀거리는 날이었습니다.

이런 목수할아버지를 집에서 말없이 받아주시는 분은 육십 년을 함께 살아온 할머니 한 분이셨습니다. 할아버지의 집은 자식들과 함께 살아갈 수 있을 정도의 큰 집도 아니고, 그렇다고 그렇게 썩 멋진 집도 아니었습니다. 불편하지는 않을 만큼 이곳저곳을 손질한 그저 평범한 한옥일 뿐이었습니다. 그야말로 옛날에 내노라 했던 목수가 사는 집치고는 별 것 아닌 집이었습니다.

그런 목수할아버지가 자기 집도 아닌 남의 집을, 그것도 우리의 멋과 얼을 살려 그야말로 멋진 집을 짓겠다고 나선 것입니다. 그러나 편리한 것과 돈을 버는 데만 마음을 쏟는 요즘 세상에 그런 꿈같은 집을 짓겠다는 것은 그야말로 뜬구름을 잡는 것과 같은 일이었습니다.

어느 날 잘 생긴 젊은이 한 사람이 할아버지를 찾아왔습니다. 그는 목수할아버지에게 깍듯이 인사를 올리고, 자기가 목수할아버지를 찾아온 이유를 설명하였습니다.

"저희 아버님께서 할아버지를 찾아뵙고 부탁의 말씀을 올리라고 해서 이렇게 찾아뵈었습니다."

"누구신데……? 무슨 일로……?"

"이렇게 아무 연락도 없이 불쑥 찾아뵈어서 죄송합니다. 다름이 아니오라……. 저희 집을 할아버지께서 꼭 지어 주십시오."

"이 사람아, 그게 어디 집을 짓는 일인가? 옮기는 일이지?"

사정이 좀 복잡했습니다. 옛날에 목수할아버지가 지었던 젊은이 아버지의 집을 옮겨 짓는 일을 맡아달라는 부탁이었습니다. 도시개발계획에 의해 그 집이 헐리게 되었으므로, 서울을 벗어난 가까운 거리에 그 집을 옮겨 보겠다는 것이었습니다.

할아버지의 머릿속에는 그 집 전체의 모습이 쏘옥 들어 왔습니다. 아흔아홉 칸짜리 그 집을 짓던 그 때의 모습이 바로 어제의 일처럼 또렷이 다가왔습니다.

"그래, 대단한 작업이었지! 신나는 일이었고……"

목수할아버지는 혼자서 연거푸 고개를 끄덕였습니다. 할아버지는 젊은이가 할아버지의 대답을 기다리고 있다는 것을 까맣게 잊으신 듯합니다.

"아버지께 전하시게. 내게 전화 한 번 주시라고. 무엇보다도 내가 하자는 대로 해야 한다고 말씀드리게. 그렇지 않으면 나는 그 일을 맡지 않을 것이네!"

"네, 그런 일이라면 걱정하지 마십시오. 아버님께서 할아버님의 허락만 받아오라고 하셨습니다. 꼭 찾아뵙겠다는 말씀도 하셨습니다."

"으흠……"

할아버지의 머릿속에는 벌써 설계도가 척척 그려지고 있었습니다. 옛날엔 임금님이 아닌 보통사람이 지을 수 있는 집으로는 아흔아홉 칸짜리 집이 가장 크게 지은 집이었습니다. 그 집을 지을 때의 뿌듯했던 마음이 할아버지의 가슴에 살며시 다가와서 훈훈한 봄바람을 불어 댔습니다.

'그래그래, 그거라도 한 번 해봐야겠어. 그런데 그 때 집을 지어 놓고 보니 대문간의 처마부분이 서운했었지. 이번엔 그

곳도 바로 잡아야겠어! 그리고……'

할아버지의 머릿속에는 부술 것, 고칠 것, 새로 넣을 것들이
척척 떠올랐습니다. 집을 새로 짓는 것처럼 복잡한 설계도가
그려지고 있었습니다. 그야말로 자신의 혼을 불어 넣은 집을
척척 설계하고 있는 것이었습니다. 실제로 두꺼운 안경을 콧
등에 얹고 그림도 그리고, 글씨도 써 넣었습니다. 아흔아홉 칸
의 새로운 집이 벌써 완성되는 것 같았습니다.

얼마 뒤 공사는 시작되었습니다. 그동안 집을 뜯을 때부터
할아버지의 뜨거운 마음은 유감없이 발휘되었습니다. 인부들
이 투덜거렸습니다.

"다 썩어가는 헌 집을 옮기는 일인데, 무얼 그렇게까지……"

그런 투덜거리는 인부들이 눈에 띄면, 그 사람은 즉시 품삯
을 받고 그 곳을 떠나야 했습니다. 일을 꼼꼼히 하는 사람은
잘 보아두었다가 중요한 일을 맡기기도 하였습니다.

집주인은 모든 것을 할아버지에게 맡긴 듯 돈만 척척 대줄
뿐이었습니다. 아마 그것도 계약조건이었는지 모릅니다. 그러
니 할아버지는 신바람이 나보였고, 실제로 할아버지의 뜨거
운 마음이 새 집 같은 헌 집을 척척 만들어 내고 있었습니다.

"저건 다시 뜯어내야겠어."

"아니 왜요?"

"끝을 조금 더 올려야지!"

"제가 보기에는……."

"아니야, 이쪽에서 자세히 보면 저 게 눈에 걸리잖아. 저기 저 판자도 떼어 내도록 해."

"그것은 또 왜요?"

"그 판자만 새 것을 쓰니까 함께 어우러지지가 않아. 비슷한 나이를 먹은 판자를 다시 구해와야겠어."

목수할아버지의 뜨거운 마음 앞에 많은 목수들이 혀를 내둘렀습니다. 많은 것을 배운다는 목수들도 있었습니다.

어떤 이는 할아버지의 생각에 맞추려고 노력하다가 오히려 혼쭐이 난 사람도 있었습니다. 고생고생해서 집을 헐어내는 곳을 찾아가서 겨우 구해온 목재가 그 집의 대들보라고 해서 말입니다.

"대들보면 어떻습니까? 이 집에 맞으면 그만이지요?"

"목수라는 사람이 그런 말을 해. 아무리 헐리는 집의 대들보라고 하더라도 대들보는 대들보인 거야. 그 집의 혼이나 마찬가지여. 남의 집 혼을 빼다가 내 집을 고치는데 써. 어디서 그렇게 배웠어? 내 것이 소중하면 남의 것도 소중한 것이여. 당장 다른 것을 쓰도록 해."

할아버지는 일이 계속되는 동안 그 곳을 떠날 줄을 몰랐습니다. 쉬었다가 하시라는 집주인의 말에도 아랑곳하지 않았습니다. 어쩌다 옷가지를 가지러 집에 가게 될 때만 자리를 잠시 비울 뿐이었습니다. 그 때는 집주인에게 돈을 조금 달라고 하였는데, 엉뚱하게도 손자에게 줄 사탕 값과 차비가 전부였습니다. 할머니 혼자 계시게 된 서울 집에는 공사기간동안 큰아들 내외가 귀여운 손자들을 데리고 와서 함께 살고 있었기에 사탕 값이 필요했습니다. 그 순간도 할아버지에게는 소중한 시간이었습니다.

이렇게 목수할아버지의 혼을 쏟아 넣는 공사가 끝나는 날, 그 집의 뜰에서는 조촐한 잔치가 베풀어졌습니다. 그간 수고한 사람들만을 위한 잔치가 열렸습니다. 모두들 즐겁고 뿌듯한 표정이었습니다. 함께 일했던 모든 사람들이 목수할아버지에게 뜨거운 박수를 보냈습니다. 모두 마음에서 우러나오는 존경의 표시로 박수를 보내는 것이었습니다.

잔치가 끝나고 모두들 떠나갔습니다. 목수할아버지와 집주인만이 뜰 안에 남았습니다. 할아버지는 집 구석구석에 눈길을 주었습니다. 어느 곳 한 곳도 눈길이 닿지 않는 곳이 없도록 골고루 눈길을 주었습니다. 모두가 방긋방긋 웃고 있음을 할아버지는 보았습니다. 할아버지는 연신 고개를 끄덕이며 답례를 하였습니다.

"자, 이제 큰방으로 드시지요?"

"······."

"자, 이제 그만 들어가시자니까요?"

"예? 아, 예에!"

목수할아버지는 집주인의 손에 이끌려 방으로 들어가면서도 눈은 집 구석구석에 머물러 있었습니다.

"그간 수고하셨습니다. 뭐라고 감사를 드려야할지 모르겠습니다."

"아닙니다. 오히려 제가 감사를 드려야지요. 제 의견에 한마디 싫다는 말씀도 없으시고, 제 생각대로 일을 할 수 있도록 해주셨지 않습니까?"

"그렇게 해서 어디 제가 손해를 봤습니까? 이렇게 멋진 집이 될 줄은 정말 몰랐습니다. 정말 마음에 듭니다. 그냥 옛집에 정이 들어서, 또 너무 아까워서 비교적 서울에서 가까운 이런 한적한 곳에 옮겨 보겠다는 생각을 했을 뿐이었습니다.

그 일을 하시는 데는 원래 이 집을 지으셨던 선생님이 적임자라고 생각했고요."

"고맙습니다. 이렇게 늙은 사람을 잊지 않고 불러 주셔서요. 나도 내가 지을 수 있는 마지막 집이라는 생각을 갖고 이 집을 지었습니다만, 집주인의 마음에 드는 집이 될지는 모르겠습니다. 그러나 나는 최선을 다 했습니다. 내가 목수로서 최선을 다한 이런 집을 남길 수 있게 해주셔서 정말 감사합니다."

"자, 그런데 수고비를 어떻게 드려야 할지?"

"수고비는 이미 받은 거나 다름없습니다. 그러니 수고비는 알아서 조금만 주시고, 제 어려운 부탁 한 가지만 들어주시겠습니까?"

"무슨 부탁입니까? 어서 말씀해 보시지요."

"꼭 들어 주시기 바랍니다. 저의 마지막 집짓기의……."

할아버지의 말씀은 계속 이어졌습니다. 할아버지는 집주인에게 간절히 부탁하였습니다. 집주인은 이상하다는 듯 쳐다보았습니다. 할아버지께서는 지금까지 집을 지은 수고비는 뒤로하고, 다른 부탁만을 대신하였기 때문입니다. 심지어 수고비는 한 푼도 받지 않아도 좋다고 하셨습니다. 그 대신 이 집을 오늘부터 사흘만 할아버지께 빌려달라고 하셨습니다. 집주인은 할아버지의 말씀에 고개를 끄덕이면서도 넋을 잃은 표정이었습니다.

"집은 빌려 드릴 테니 염려 마시지요. 그보다도 집짓는 것을 보고, 알아서 주시라던 수고비를……"

"무슨 말씀인지 알겠습니다. 그러나 나는 그게 아닙니다. 내가 돈을 벌겠다고 이집 옮겨짓는 일을 한 것이 결코 아닙니다. 저는……"

할아버지의 말씀에는 어느 누구도 꺾을 수 없는 어떤 힘이 실려 있었습니다. 할아버지는 이 집에서 할머니와 세 아들과 며느리들, 그리고 손자손녀들을 초대해서 잔치를 벌일 생각이라는 것이었습니다.

"예, 알겠습니다. 그렇게 하시지요."

"고맙습니다. 오늘 밤은 저 혼자 이곳에서 지내겠습니다. 내일은 서울로 가서 잔치를 준비하고, 모레는 우리 식구 모두를 여기에 모아서 잔치를 열 생각입니다."

그날 밤 할아버지는 아흔아홉 칸 집에 혼자 드러누웠습니다. 지금껏 남을 위해 집을 지어주기만 했던 자신의 삶을 되돌아 봤습니다. 지금 서울의 집은 온 식구가 함께 모일 수도 없는 작은 집이라서, 함께 하룻밤을 지내기도 어려운 까닭에 목수로서 늘 부끄러웠습니다. 그러나 오늘부터 사흘간은 다릅니다. 식구들에게 자랑스럽게 보여줄 수 있는 집이 있는 것입니다. 이제 육십 년을 함께 살아온 할머니와 세 자식들과 며느리, 그리고 손자손녀들에게 '이게 내가 지은 집이다'라고 자신있게 말할 수 있는 집이 생겼습니다. 그리고 여기서 잔치가 열리는 것입니다.

어둠이 할아버지의 환한 얼굴, 웃음 가득한 얼굴을 다 읽었습니다. 할아버지의 웃음 뒤에서는 뜨거운 눈물이 줄을 서서 기다리고 있었습니다. 할아버지는 아무래도 오늘 밤 잠을 잘 수 없을 것 같았습니다. 창밖에는 수많은 별들이 할아버지의 친구가 되어 눈을 깜박거리고 있었습니다. ■

☞ **작가의 말**

우리나라 고유의 주택 양식을 '한옥'이라고 합니다. 그런데 우리나라에 서양 문물이 들어오면서 한옥보다는 서양식으로 지은 양옥과 아파트 등이 자연스럽게 자리를 차지하고 있습니다. 그래서 요즈음은 오히려 한옥에서 사는 사람이 드뭅니다. 그럼에도 우리의 전통 가옥을 사랑하여 지키며 살아가고 있는 분들도 꽤 됩니다. 그리고 아예 한옥마을로 지정되어 보존되고 있는 곳도 있고요. 조선시대 임금님이 사시던 경복궁, 덕수궁, 창덕궁 등의 궁궐들도 잘 지켜지고 일부는 복원이 되어 보존되고 있고요. 임금님이 사시는 궁궐을 제외하고는 민간에서 가장 크게 지을 수 있었던 99칸 한옥도 상당수 보존되고 있습니다. 서울 가회동 백인제 가옥(서울시에서 박물관화 해서 일반인들에게 개방), 강원도 강릉 선교장(한옥 스테이 및 문화체험시설로 운영) 등이 있으며, 그보다 규모는 작아도 아름다운 '전남 구례 운조루 고택' 등 상당수의 한옥들이 잘 보존되고 있음은 그나마 다행이 아닐 수 없습니다.

파란 날개를 단 천사

유난히도 몸이 작고, 얼굴이 하얀 소녀가 힘겹게 산을 오르고 있었다.

"허허허 허억……. 아휴, 힘들어!"

그러더니 소녀는 더는 못가겠다는 듯 마침내 땅바닥에 털썩 주저앉고 맙니다. 소녀의 거친 숨소리가 고즈넉한 마을 뒷동산을 거칠게 몰아칩니다. 한없이 푸르고 싱싱한 나무들이 소녀를 달래기라도 하려는 듯 쭈욱 뻗은 가지들을 흔들어댑니다. 소녀의 거친 숨소리가 나뭇가지를 흔드는 바람소리에 섞여 하늘로 퍼져갑니다.

다시 뒷동산이 조용해집니다. 소녀가 천천히 고개를 듭니다. 소녀는 맑은 햇살에 눈이 부신 듯 오른손을 천천히 들더니, 그것마저 힘에 겨운지 이마에 얹습니다. 햇살에 드러난 소녀의 얼굴은 유난히 창백하고, 손은 단풍나무 이파리처럼 가냘퍼 보입니다. 입술은 나무들의 짙푸른 빛이 짙게 묻어 들었는지 푸르다 못해 보랏빛을 띱니다.

"휴우우……."

소녀는 물결처럼 흩어지는 여러 모양의 하얀 구름들을 바라보며, 가슴 속 깊은 담긴 짐들을 조금씩 풀어 놓습니다.

"구름아, 나도 너를 따라 가고 싶구나! 아니 곧 너를 따라 가게 될 거야 ……."

하늘을 쳐다보는 소녀의 얼굴에 마알간 미소가 뭉게뭉게 피어오르고 있었습니다. 그 모습은 어느 때보다도 넉넉하고 평화로운 모습이었습니다.

'나는 죽으면 천사가 될 거야. 내 입술처럼 파아란 빛의 날개를 단 천사가 될 거야. 그리고 이 세상을 훨훨 날아다니면서 나처럼 파란 입술을 가진 아이들에게서 그 파란빛들을 모두 거두어들일 거야.'

소녀는 파리한 입술을 꼬옥 깨물면서, 유난히 커 보이는 까만 눈동자를 반짝거렸습니다. 물기를 머금은 눈동자는 그 어떤 슬픔도 다 받아들일 수 있을 만큼 넉넉한 모습으로 반짝이며, 빛을 쏟아내고 있었습니다.

소녀에게 오늘이 있기까지 참으로 많은 날들이 흘렀습니다. 모두들 소녀가 집밖으로 나가는 것을 막았기 때문입니다. 생각해 보면, 소녀가 집을 나서는 일은 가족 모두를 힘들게 하는 일이었습니다.

언제부턴가 뛰는 것이 힘들어 조심조심 걸어 다니다가, 이제는 걷는 것조차도 힘이 들어 누워 지내는 시간이 많은 요즈음입니다. 마을 뒷동산이지만, 오늘처럼 산을 오른다는 것은 엄마 아빠를 걱정시키는 위험한 일이었습니다. 그렇지만 소녀는 산을 오르고 싶은 마음을 억누르지 못하고 집을 나선 것입니다. 그 마음이 너무 간절했기 때문입니다. 어쩌면 파란 하늘과 조금이라도 가까운 높은 곳에 오르고 싶었는지도 모릅니다.

"콜록콜록……. 콜록콜록……."

소녀의 잔기침소리가 스치는 바람에도 깜박거리는 촛불 같은 슬픈 빛을 띄웁니다. 그러나 소녀는 기침 따위는 아랑곳하지 않고, 포근한 풀밭을 찾아 차분히 눕습니다. 그리고 한없이 푸르른 하늘과 솜털같이 포근한 구름들을 커다랗고 까만 눈 속에 가득가득, 거친 숨결로 가득 찬 자신의 가슴 속에 차곡차곡 채워 넣습니다. 소녀의 미소 띤 하얀 얼굴은 한없이 행복한 모습이었습니다. 이 세상 모든 것을 다 받아들일 수 있는 넉넉한 모습이었습니다. 하늘나라에 천사가 있다면, 바로 그런 모습일 것입니다.

그러나 그날 밤 소녀는 결국 병원을 향했습니다.

"엄마, 미안해요. 허억 헉……. 아빠 제가 잘못했어요. 헉 허억……"

"네가 뭐가 미안하고, 뭘 잘못했다는 거야?"

"제가 오늘 엄마 아빠말씀 안 듣고 산에 올라갔어요."

"뭐, 산에 올랐다고?

"예, 뒷동산에……"

"얘가 기어이……"

"……"

"그랬었구나, 우리 딸이! 그렇지만 송이야, 걱정 말아라. 엄마 아빠가 우리 송이를 꼭 지켜줄 테니까……"

그간 송이엄마와 아빠는 송이의 심장수술비를 마련하기 위하여 열심히 일을 했습니다. 그러나 수술비 마련이 생각처럼 쉬운 일이 아니었습니다. 겨우 조금 돈이 모아지려고 하면, 오늘처럼 송이가 병원에 입원하는 안타까운 일이 벌어지곤 했습니다.

그러나 송이엄마와 아빠는 실망하지 않았습니다. 어떻게 해서든지 송이의 심장수술비를 마련하겠다는 생각뿐이었습니다. 그래서 송이엄마도 송이의 동생을 낳는 일도 뒤로 미루고, 송이의 수술비 마련을 위해 노력해 왔습니다. 저 멀리 서울의 심장재단에도 도움을 요청해 놓았습니다. 그러나 이미 많은 사람들이 수술 순서를 기다리고 있는데다가, 송이네 보다 더 어려운 사람들도 많아서 그 순서가 언제가 될지 알 수 없는 노릇이었습니다.

의사선생님의 도움으로 송이의 숨소리가 점점 차분해졌습니다. 이런 일이 한두 번 있었던 일은 아니지만, 송이엄마와 아빠는 그 때마다 가슴이 철렁거리는 것은 어쩔 수 없는 일이었습니다. 이러다가 정말 수술도 못해보고 송이를 영영 떠나보내게 될까봐 가슴을 졸이는 것입니다. 그래서 수술비가 마련될 때까지, 송이의 건강을 위하여 공기가 좋다는 이곳으로 이사를 하였는데, 오늘 또 이런 일이 벌어진 것입니다. 이곳은 송이엄마 아빠의 직장하고는 조금 먼 시골이었지만, 푸른 산과 맑은 공기가 송이의 건강을 지키는데 도움이 될만한 곳이었습니다.

"송이야, 이젠 엄마 아빠와 약속을 해야겠다. 찬바람 쐬지 않고, 산에 오르지 않겠다고!"

"네. 엄마 아빠, 이젠 정말 약속할 게요."

"그래, 우리 송이 정말 착하기도 하지! 어디 천사가 따로 있나? 우리 송이가 천사지!"

"그래요, 난 죽으면 천사가 될래요."

"송이야, 그게 무슨 말이야?"

"난 죽으면 파아란 날개를 단 천사가 될 거야!"

"송이야! 죽다니 네가 왜 죽어?"

"아니야, 엄마 아빠 걱정하지 마. 지금 죽는다는 게 아니야! 그러나 사람은 언젠가는 죽을 것 아니야?"

"그래도 그런 소리하는 것 아니야."

"그래, 알았어!"

"그런데 천사면 다 같은 천사지, 파란 날개를 단 천사는 또 뭐야?"

"파아란 날개를 달고 이 세상 곳곳을 날아다니면서, 나처럼 파란 입술을 가진 친구들의 그 파란빛들을 모두 거둬들이는 천사가 되는 거야!"

"이 애가……."

송이엄마와 아빠의 눈에 금방 물기가 감돌았습니다. 그간 어린 송이가 걷기도 힘들어 때로는 쓰러져 병원에 가고, 눈물 흘리며 아파하고, 하루를 살더라도 건강하게 살고 싶다고 소리치고, 그러다가 간절히 기도하기를 수없이 반복하면서 얻은 결론이 바로 저것이라고 생각하니, 눈물이 앞을 가렸습니다. 송이엄마와 아빠가 생각하기조차 싫은 말들을 어린 송이가 하나씩 들춰내고 있는 셈이었습니다.

"엄마 아빠 왜 그래? 나 때문에 그래?"

"아니야, 피곤할 텐데 어서 좀 자렴."

"엄마 아빠는?"

"응, 너 자는 것 보고 잘게."

"그래? 그럼 나 먼저 잔다?"

"그래그래……."

피곤한지 송이는 금방 잠이 들었습니다. 그러나 송이엄마 아빠는 잠을 잘 수가 없었습니다. 말없이 송이의 자는 모습만 바라보고 있었습니다. 엄마 아빠 누구도 아무 말이 없었습니다. 그러나 마음만은 똑같았습니다. 하루빨리 송이의 심장수술을 해주어야겠다는 마음뿐이었습니다.

"여보, 밖에 좀 나갔다 옵시다."

송이아빠의 말에 송이엄마가 말없이 따라 나섰습니다. 그러나 두 사람은 서로 말이 없었습니다. 초저녁이건만 바깥공기는 제법 차가웠습니다.

"우리 송이 옷이나 한 벌 사가지고 옵시다."

"……."

"백화점으로 갈까?"

"……."

두 사람은 그냥 계속해서 걸었습니다. 그러다가 두 사람은 똑같이 발길을 멈췄습니다. '심장병 어린이 돕기……'라고 씌어 있는 커다란 선전물이 붙어 있었기 때문입니다. 누가 먼저랄 것도 없이 송이엄마와 아빠는 사람들이 북적거리는 옷가게로 들어섰습니다.

"이 옷을 사면 심장병 어린이를 살릴 수 있습니까?"

"네, 여기서 생기는 이익금은 전액 심장병 어린이들의 수술비로 쓰이게 됩니다."

어디서 많이 본 듯한 사람이 다가오며 말을 건넸습니다. 자세히 보니 텔레비전에 자주 나오는 사람 같았습니다. 인기 연예인이 심장병 어린이 돕기 행사를 위해 나온 모양이었습니다.

"우리 아이 좀 살려 주십시오."

"예?……."

"우리 아이 좀 살려 주세요. 우리 아이가 다 죽어갑니다. 우리 아이 좀 살려 주세요."

"아니, 아주머니 왜 이러십니까?"

"우리 아이 좀 살려 주세요. 우리 송이도 심장병 수술을 받아야 한다고요."

"……."

그렇잖아도 소란스럽던 옷가게는 송이엄마의 갑작스런 울부짖음으로 더욱 시끄러워졌습니다. 송이아빠가 왜 이러느냐고 붙잡으며 말렸지만, 송이엄마는 이미 제 정신이 아닌 사람처럼 부르짖었습니다.

"우리 아이 좀 살려 주세요. 우리 송이 좀 살려 주세요."

"……."

송이엄마의 울부짖음은 차라리 통곡에 가까웠습니다. 그동안 마음속에 꼭꼭 가둬두었던 설움들이 한꺼번에 쏟아져 나오는 것 같았습니다. 송이엄마의 세상 모든 것을 담은 그 간절한 외침은 어느 누구도 막을 수 없는 일이었습니다. 송이아빠도 '심장병 어린이 돕기……' 라고 큼지막하게 씌어져 있는 선전벽보가 붙어 있는 벽을 부여잡고 소리 없이 눈물을 쏟아내고 있었습니다. 이 갑작스런 광경을 모두들 숨을 죽이고 지켜볼 뿐이었습니다.

"아주머니, 이리 좀 와 보시지요."

"우리 아이 좀 살려 주세요. 우리 송이 좀 살려 주세요."

"아주머니, 진정하시고 저를 따라 오세요. 아저씨도 함께 이리 와 보세요."

"……."

텔레비전에서 봤던, 조금 전의 그 인기 연예인이 송이엄마와 아빠를 불렀습니다. 정신을 차린 송이아빠는 넋이 나간 모습으로 울고 있는 송이엄마를 부축하고 일어섰습니다. 시끄럽던 사방이 조용해졌습니다. 주위를 둘러보니 많은 사람들이 함께 눈물을 흘리고 있었습니다.

사무실로 따라간 송이엄마와 아빠는 정신을 가다듬고, 그 인기 연예인과 많은 이야기를 나누었습니다. 그간 송이의 수술비를 모으기 위해 열심히 노력을 했지만, 송이가 입원을 해야 하는 일이 자주 생겨서 목돈을 모을 수가 없었다는 이야기도 했습니다. 그리고 송이는 지금 병원에 입원해 있으며, 이웃가게에는 송이의 옷을 사기위해 왔는데, 갑자기 이렇게 되어 미안하다는 사과의 말도 잊지 않고 전했습니다. 이야기를 다 듣고 난 인기 연예인은 송이엄마와 아빠에게 뜻밖의 제안을 했습니다. 자기가 심장병을 앓고 있는 송이를 직접 만나보고 싶다는 것이었습니다. 그리고 수술이 가능하다면 송이의 수술을 돕겠다고 했습니다.

송이는 다음날 서울의 큰 병원으로 옮겨졌습니다. 송이엄마와 송이아빠는 뛸 듯이 기뻤습니다. 도움을 준 인기 연예인은 말할 것도 없고, 이 세상 모든 사람들이 고맙게 느껴졌습니다.

송이는 하루 종일 여러 가지 검사를 받았습니다. 그러나 검사 결과가 나오려면 며칠이 걸려야 한다고 했습니다. 그리고 나서도 수술날짜가 잡히려면 또 시간이 필요하다고 했습니다.

며칠이 흘렀습니다. 의사선생님은 송이를 검사한 결과, 수술 시기가 너무 늦어 조금 어렵기는 하지만, 수술을 받는 것 외에는 다른 방법이 없다고 말씀하셨습니다. 그러나 수술날짜는 다음 달로 잡혔습니다.

송이엄마와 아빠는 수술에 동의하는 서류를 미리 제출하면서, 하루라도 빨리 수술을 받게 해달라고 부탁하였습니다. 그러나 의사선생님은 송이의 건강이 많이 나빠져 있고, 병원에 이미 다른 수술 일정이 잡혀 있어서 어쩔 수 없다고 하였습니다. 그것도 최대한 빠르게 잡힌 수술날짜라는 것이었습니다. 아무튼 송이엄마와 아빠의 소망이 기적처럼 이루진 것입

니다. 생각해보면 송이가 수술을 받게 된 것만도 정말 꿈같은 일이었습니다. 이 세상에서 더 이상의 기쁜 일은 없을 것 같았습니다.

어쩔 수 없이 이제 한 달 가량을 조용히 기다릴 수밖에 없었습니다. 그동안 송이엄마와 아빠가 할 일은 기다리는 일 밖에는 아무 것도 없는 것 같았습니다. 병원에서 모든 것을 다 알아서 해주는데다가, 인기 연예인이 많은 것을 도와주었기 때문입니다. 송이엄마와 아빠는 수술 날에 서울로 올라오기로 하고, 송이를 병원에 맡기고 다시 시골로 내려갔습니다.

송이엄마와 아빠는 정말 신이 났습니다. 그동안 밀린 일도 열심히 하였습니다. 송이가 수술을 마치고 돌아올 날을 위해 여러 가지 준비도 하였습니다. 방도 깨끗이 도배를 하고, 송이가 좋아하는 장난감과 인형도 많이 사왔습니다. 그간 수많은 사람들로부터 축하와 위로의 말도 들었습니다. 하루하루가 감사하고, 즐거운 나날이었습니다.

그러던 어느 날 아침, 서울에서 전화가 걸려왔습니다. 아빠가 전화를 받았습니다. 인기 연예인에게서 온 전화였습니다.

"병원에서 오늘 송이의 수술을 하자고 하는데 어떻게 할까요?"

"송이 수술날짜는 아직 멀었는데, 갑자기 웬일입니까? 우리 송이가 갑자기 어디가 나빠졌습니까?"

"꼭 그런 것은 아니지만……."

"꼭 그런 것은 아니라니, 무슨 말씀이지요? 무슨 사정이 있는 것입니까? 오늘 우리 부부는 모두 출근도 해야 하는데……."

"급히 병원에서 연락이 왔는데, 갑작스럽게 빈 일정이 생겼고, 송이의 수술을 당장 하는 것이 좋겠다고 하는데……. 가급적 동의하시면 좋겠는데요."

"……."

"아니면, 처음 정해진 날에 수술을 하자고 할까요?"

"아, 아니요. 지난번에는 저희가 하루라도 빨리 수술을 해달라고 해도 안 된다고 하시더니……. 이걸 어쩌나!"

송이엄마와 아빠는 그 연예인과 한참을 통화한 뒤에, 병원측의 결정대로 오늘 당장 송이의 수술을 진행하기로 결정하였습니다. 수술에 필요한 모든 절차는 송이엄마와 아빠가 시골에 내려오기 전에 모두 마쳐 놓았기 때문에, 수술을 위해 따로 준비할 것은 없다고 하였습니다. 미안한 일이었지만, 모든 것을 도와주는 분들께 맡길 수밖에 없었습니다.

그러나 안타깝게도 송이엄마와 아빠가 지금 기차를 타고 서울로 올라간다고 해도, 수술실로 들어가는 송이의 얼굴을 보기는 어려운 일이었습니다. 송이의 심장수술은 워낙 큰 수술이기 때문에 오전에 일찍 수술을 시작하여도 밤늦게 끝날 수 있기 때문입니다. 송이엄마와 아빠는 잠깐 회사에 들른 뒤, 서울로 올라가기로 했습니다.

'그런데 의사선생님은 왜 갑자기 오늘 당장 수술을 해야 한다고 하셨을까? 그 연예인도 우리에게 무엇을 숨기고 있는 것은 아닐까?'

'제발 우리 송이에게 아무 문제가 없어야 할 텐데……'

'그러나저러나 지금쯤 수술은 얼마만큼 진행되었을까? 우리 송이 수술이 정말 잘 되어야 할 텐데……'

'이럴 줄 알았더라면, 오늘 회사에 들르지 말고 바로 서울로 가야 했는데……'

곰곰이 생각해보니, 후회되는 일이 한두 가지가 아니었습니다. 가슴이 까맣게 타들어가는 것 같았습니다. 송이엄마와 아빠의 볼에는 소리 없는 눈물이 한없이 흘러내렸습니다. 이런저런 생각에 자꾸만 눈물이 쏟아졌습니다. 서울로 향하는 기차가 오늘따라 왜 이렇게 천천히 가는지 모를 일이었습니다.

아침에 송이엄마와 아빠가 회사에 출근해서 조금 지났을 때, 송이가 수술실로 들어갔다는 전화가 왔었습니다. 그리고 모두 송이가 아직도 수술실에 있다는 소식뿐이었습니다. 그렇다고 자꾸 전화를 하기도 미안한 일이었습니다. 서울에 도착하려면 아직도 긴 시간이 남았습니다. 이제 송이엄마와 아빠가 서울역에 도착해서 전화를 하기로 하였습니다.

어디선가 전화벨 소리가 나지막이 들려왔습니다.

"10시간에 걸친 긴 수술이 조금 전 모두 끝났습니다."

"그래요? 우리 송이는요?"

"수술은 잘 되었다고 합니다. 의사선생님도 최선을 다했다고 하니, 좋은 결과가 나오기를 기다려야지요."

"선생님 감사합니다! 정말 감사합니다."

"뭘요, 송이엄마와 아빠가 워낙 세상을 곱게 살아오셨기 때문에 좋은 결과가 있을 것입니다."

"여보, 여보! 여보오! 우리 송이 수술이 잘 됐대요."

"……."

"여보, 여보! 여보오!"

"……."

어느새 기차가 서울역 안으로 들어서고 있었습니다. 송이엄마와 아빠의 머리맡 선반에는 커다란 가방 몇 개가 도란도란 이야기를 나누고 있었습니다. 그간 틈틈이 준비해 두었던 도와주신 분들께 드릴 작은 선물들과 송이의 예쁜 옷 몇 가지, 그리고 송이에게 줄 크고 작은 인형들이 담긴 가방들이 송이 엄마와 아빠가 탄 기차와 함께 서울역 안으로 들어서고 있었습니다.

그때 갑자기 다시 전화벨 소리가 요란스럽게 울렸습니다. 잠시 깜빡 잠이 들었던 송이엄마와 아빠가 서로 거친 손을 잡으며 흔들었습니다. 이미 기차의 차창 밖에는 서서히 어둠이 밀려오고 있었습니다. ■

☞ **작가의 말**

머릿속으로 "동화가 슬퍼도 될까요?"를 다시 생각하게 된다. 그러면서도 희망을 본다. 세상엔 좋은 일을 하는 사람들이 많다. 열심히 사는 사람들도 많다. 참으로 감사해야 할 일이다. 그런데 나는 무엇을 어떻게해야 하지? 스스로에게 길을 묻는다. 여러분은 어떤 좋은 일을 하시겠습니까?

웃기는 사람이 될 거야

"엄마, 요즘 만득이 시리즈가 유행이라면서?"

"뭐? 만득이 시리즈?"

"엄마, 만득이 시리즈 몰라?"

"……."

아들 녀석의 느닷없는 소리에 엄마는 할 말을 잃었습니다. 그저 아들 녀석의 얼굴만을 빤히 쳐다볼 뿐이었습니다. 그러면서도 한편으로는 앙증맞은 녀석의 엉뚱한 소리에 웃음이 나오려는 것을 꼬옥 참았습니다.

"누가 그런 소리를 하던?"

"응. 형이 이야기해 주었어."

"철이 형이 뭐라고 이야기했는데?"

"마안드으윽아, 마안드으윽아, 만드윽아, 만득아! 하고 귀신이 자꾸 불렀대."

"그래서?"

"그래서 만득이가 화가 나서 귀신에게 오줌을 쌌대."

"오줌을 싸?"

"그래. 이때 귀신이 뭐라고 했는지 알아?"

"……."

"만드르르륵아, 만드르르륵아! 하고 오줌을 마신 물먹은 소리를 했대."

"뭐야?……. 하아아하 하아아하."

"엄마, 재미있어?"

"그래, 재미있다."

엄마가 재미있다는 말에 욱이는 신바람이 났습니다. 또 다른 재미있는 이야기를 해주겠다며 바쁘다는 엄마를 기어코 돌아앉게 했습니다. 그리고는 말도 안 되는 소리들을 지껄여 댔습니다.

"하아아하 하아아하. 너 자꾸 왜 이러니?"

"엄마, 재미있어? 웃겼어?"

"그래, 정말 웃겼다."

"정마알?"

"우리 욱이가 사람을 웃기는데 소질이 있나 봐!"

"엄마 정말로 그래?"

"그래, 정말 재미있었어."

"그럼, 난 커서 웃기는 사람이 될 거야!"

"웃기는 사람이 되겠다고? 그래 웃기는 사람 한 번 해보렴."

신이 난 욱이는 그날부터 웃기는 사람이 되겠다고 마음먹었습니다. 그리고는 웃기는 이야기들을 이것저것 모으기 시작했습니다. 새로운 이야기를 모은 날이면 식구들에게 어김없이 그 이야기를 풀어놓곤 했습니다. 텔레비전도 코미디 프로그램만 즐겨 보았습니다. 그렇게 좋아하던 만화영화 시간이 되어도, 코미디 프로그램에만 매달렸습니다. 그래서 철이 형과 자꾸 다투기도 하였습니다. 자기가 혼자만 코미디 프로그램을 본 날이면, 혼자서 정말 신이 나서 식구들을 불러 모았습니다.

"엄마, 아빠, 형. 내 말 잘 들어봐. 거지가 말이여, 죽으면서 자기 자식에게 무엇을 주었는지 알아?"

"찌그러진 깡통이나 주었겠지 뭐."

"틀렸어."

"그럼, 무엇을 주었는데?"

"아 글쎄, 죽으면서 마을 사람들의 생일날과 제삿날이 적힌

수첩을 주었다네!"

"뭐라고? 허허 그 녀석."

웃기는 이야기가 하나둘씩 늘어나기 시작한 욱이는 이제 제법 알아주는 웃기는 사람이 되어가고 있었습니다. 자기 친구들이 모이는 자리는 말할 것도 없고, 형 친구들이 모이는 자리, 아빠 엄마의 친구들이 모이는 자리, 친척들이 모이는 자리에서 욱이의 웃기는 이야기는 빠지지 않았습니다. 모두를 즐겁게 해주는 욱이가 된 것입니다. 욱이가 웃기는 이야기를 할 때마다 어른들은 모두 즐거워하며, 어린아이가 대단하다며 칭찬을 해주었습니다. 사실 그 많은 '웃기는 이야기들'을 어떻게 모두 기억하고 있는지 정말 신기한 일이기도 했습니다.

그러나 이러한 욱이의 행동에 언제나 불만인 사람이 있었습니다. 바로 철이 형이었습니다. 욱이 때문에 그렇게 재미있는 만화영화를 못 볼 때가 많았습니다. 그런데도 엄마 아빠는 늘 욱이의 편을 들어주는 것이었습니다. 엄마 아빠는 물론 친척들도 모두 욱이를 칭찬하는 것이었습니다. 심지어는 엄마 아빠의 친구들까지도 욱이만 칭찬하는 것 같았습니다. 자기가 이야기할 때는 별로 웃지도 않으면서, 욱이가 이야기를 하면 모두가 웃어주는 것이었습니다. 화가 난 철이는 그때마다

욱이의 이야기에 끼어들어 김을 빼버리곤 했습니다. 그렇지만 그럴 때도 혼이 나는 것은 언제나 철이었습니다.

　설날 아침이었습니다. 새해를 맞는 날이라서 친척들이 모두 할아버지 댁에 모였습니다. 세배도 하고 차례도 지내며, 모두가 부산한 아침이었습니다. 아이들은 서로 세뱃돈이 얼마인지 알아보느라고 야단들이었습니다. 그런 속에서 아침식사가 시작되었습니다. 모두가 둘러앉아 맛있게 떡국을 먹었습니다. 그때였습니다.

　"큰엄마, 제가 문제 하나 낼 게요?"

　"……."

　"욱이 너, 또 말도 안 되는 소리 하려고 그러지?"

　"아니야, 형. 재미있는 이야기 하려고 그래!"

　"그래, 욱이가 재미있는 이야기 좀 해봐라."

　"……."

　"그래, 나도 욱이 너의 이야기를 듣고 싶다. 한 번 해봐라."

　철이가 나서서 욱이의 힘을 뺐지만, 여기저기서 욱이의 이야기를 듣고 싶다고 야단들이었습니다. 철이 때문에 토라졌던 욱이는 못 이기는 척하며, 슬며시 이야기보따리를 풀었습니다.

"그럼, 모두 알아 맞춰보세요. 펭귄이 다니는 중학교가 어디 게요?"

"펭귄이 다니는 중학교? 남극중학곤가?"

"아닌데요."

"그럼, 펭귄중학교?"

"아니에요. 냉방중이에요."

"뭐, 냉방중? 허허 그 녀석."

"그럼, 펭귄이 다니는 고등학교는요?"

"고등학교는……. 냉장고인가?"

"냉장고, 맞았어요. 그럼 펭귄이 다니는 대학교는요?"

"……."

"잘 생각하셔서 한 번 맞춰보세요."

"그건 잘 모르겠는데……."

"펭귄이 다니는 대학교는 빙하시대! 빙하시대에요."

"빙하시대! 이런, 그럴 듯하구나! 하하하하 하하하하."

떡국을 먹던 친척들이 모두 즐거워하며, 웃음바다가 되었습니다. 큰아버지께서는 웃으시다가 입에서 떡국덩이가 튀어나와 반쯤 입술에 걸려 있었습니다. 모두들 그럴듯하다며, 어린 욱이를 칭찬하셨습니다. 코미디언이 되면 좋겠다는 분도 계셨습니다. 또 철이는 심술이 났습니다.

"그런 이야기 잘 한다고 코미디언이 되나요?"

"형, 자꾸 그렇게 말하지 마."

"사실이지 뭐. 자기가 만든 이야기도 아니면서 되게 뽐내네."

"뭐야! 형?"

갑자기 철이와 욱이의 말다툼이 시작되었습니다. 어른들이 끼어들지 않으면 안 될 지경이었습니다. 서로 말꼬리를 물고 늘어져서 끝이 없었습니다. 할아버지께서 한 마디 하셨습니다.

"허어, 이놈들 그만두지 못하겠니? 설날 아침부터……. 설날 아침부터 싸우면 일 년 내내 싸우는 거여!"

"……."

말다툼은 끝이 났지만, 욱이의 머릿속은 할아버지의 말씀이 이어지고 있었습니다. 할아버지께서 말씀하신 '일 년 내내'라는 말을 떠올리고 있었습니다. 그러더니 좋은 생각이 떠올랐는지 혼자 씽긋 웃었습니다.

"형, 두고 봐. 나는 오늘 내 힘으로 웃겨 볼 거야!"

"네 힘으로 웃기겠다고? 그래, 웃겨 봐라."

욱이는 틈틈이 생각에 잠겼습니다. 사실 지금까지 웃기는 이야기는 모두 다른 사람이 했던 이야기들뿐이었습니다. 형의 말이 옳았던 것입니다. 그러나 오늘만은 자기 힘으로 웃기는 사람이 되고 싶었습니다. 할아버지 말씀대로라면, 설날 웃기는 사람이 되면, 일 년 내내 웃기는 사람이 될 수도 있겠다는 생각이 들었기 때문입니다. 욱이의 머릿속은 온통 그 생각으로 가득 차 있었습니다.

어른들의 뒤를 따라 성묘를 가면서도 그 생각뿐이었습니다. 욱이는 묘소 앞에서 어른들을 따라 소나무의 작은 가지들을 꺾어 놓고, 그 위에 서서 절을 두 번씩 하였습니다. 그때였습니다. 웃길 수 있는 생각이 번뜩 욱이의 머릿속을 스쳤습니다. 기막힌 생각이 떠오른 것입니다.

'그래, 조상님들을 웃겨 드려야지! 내가 돌아가신 조상님들을 웃겨 버리는 거야.'

그리고 즉시 행동에 옮겼습니다. 성묘를 마치고 집으로 돌아오는 욱이는 정말 신이 나서 말했습니다.

"아빠, 지금 제가 조상님을 웃기고 왔거든요? 설날 아침에 조상님을 웃겼으니, 이제 저는 일 년 내내 웃기는 사람이 되겠지요?"

"뭐야, 네가 조상님을 웃겼어? 언제?"

"지금 성묘하면서 웃기고 왔어요!"

"어떻게 웃겼는데?"

철이가 끼어들었습니다. 모두가 욱이의 말에 귀를 기울이는 것 같았습니다.

"내가 조상님께 인사할 때 준비한 솔가지의 부드러운 솔잎으로 조상님의 묘를 살살 문질러서 간지럼을 태웠거든!"

"뭐야? 조상님께 간지럼을 태워서 웃겼어? 그것도 솔잎으로?"

"하하하하 하하하하……."

모두들 파란 하늘이 떠나갈 듯이 웃어댔습니다. 철이까지도 참지 못하고 웃음을 터뜨렸습니다. 욱이의 얼굴에도 환한 웃음이 가득했습니다. 정말 일 년 내내 웃길 수 있는 사람이 된 것 같은 기쁨이 가득한 얼굴이었습니다. ■

☞ **작가의 말**

'세상은 노력하는 사람의 것이다.'는 말이 있습니다. 그저 얻어지는 것은 없습니다. 노력한만큼 얻어져야 정직한 세상입니다. 여러분은 어떤 꿈을 꾸고 있습니까? 어떤 사람이 되고 싶습니까? 모두 크고 작은 꿈을 갖고 있으리라 믿습니다. 지금부터 그 꿈을 이루기 위해 꾸준히 노력하는 사람이 되기를 진심으로 바랍니다.

밤이 없는 나라

"여보게 '밤의 요정', 이제 임무를 교대할 시간이네."

"그래? '낮의 요정', 수고했네! 어서 들어가 쉬게나."

"수고는 이제부터 자네가……."

"잘 가라고!"

스르르 멀어져 가는 낮의 요정의 등에 대고 밤의 요정이 나지막이 다정한 인사를 보냅니다. 빛을 지배하는 낮의 요정이 사라지자, 점점 어둠이 밀려오기 시작합니다. 이제는 어둠을 지배하는 밤의 요정이 이 세상을 보살펴야 할 시간이 된 것입니다. 낮에 모두들 열심히 일을 하였기 때문인지 여기저기서 드르렁드르렁 코를 고는 소리가 들려오기도 하였습니다.

"으음, 그래……. 모두들 피곤하기도 하겠지. 곤히 잠들도록 내가 도와주어야지!"

밤의 요정은 칠흑 같은 어둠이 지배하는 세상을 만들기 시작하였습니다. 살금살금 조심조심 이곳저곳을 돌아다니며, 쉼 없이 짙은 어둠을 뿌렸습니다.

"어허, 저기는 아직도 잠을 자지 않는 모양이군!"

창문 사이로 빤히 비치는 불빛이 유난히 반짝거렸습니다. 밤의 요정은 여느 날처럼 잠시 발길을 멈춥니다.

"오늘도 공부를 하고 있군! 그래, 학생이라면 열심히 공부를 해야지. 공부하는 모습은 언제 보아도 아름답단 말이야!"

그러고 보니 여기저기서 희미한 불빛들이 새어 나오고 있었습니다. 밤의 요정이 어둠을 짙게 뿌릴수록 엷은 불빛들이 더욱 아름답게 반짝거렸습니다. 호롱불을 켜놓고 열심히 공부하는 학생들, 바느질하는 아주머니, 양말 뒤꿈치를 깁고 있는 순이 어머니, 디딜방아를 찧고 있는 아낙네들, 길쌈하는 아낙네들……. 힘은 들어 보이지만, 언제 봐도 정말 정겹고 평화로운 모습이었습니다. 밤의 요정은 먼발치서 작은 응원만 보내고, 그 불빛들만은 슬쩍슬쩍 비켜지나갔습니다.

"어? 모두 잠이 들어 있어야 할 시간인데……. 저 집은 불을 켜 놓고 잠이 들었나?"

밤의 요정은 방안을 살짝 들여다보았습니다. 귀여운 아기가 엄마젖을 물고 있었습니다. 그러나 모두 곤히 잠이 들어 있는 게 분명하였습니다. 젖가슴을 풀어헤친 엄마까지도 아기에게 젖을 맡긴 채 곤히 잠이 들어 있었습니다. 한참을 바라봐도 싫지 않은 정말 한없이 평화스런 모습이었습니다.

"그러나저러나 이제 모두 잠자리에 들어야 할 텐데……. 날이 밝으면 모두들 또 힘든 일을 해야 할 테니……. 방아를 찧는 저 소리는 어쩔 수 없는 일이지만, 저 소리에 혹시 잠 못 드는 사람들은 없을까?"

그러나 밤의 요정의 이런저런 걱정들을 모두 잘 알고 있는 듯, 여기저기서 불빛들이 하나둘 자취를 감추고 있었습니다. 엄마젖을 물고 한 번씩 칭얼거리던 귀여운 아기가 있던 그 집의 불빛마저도 어둠 속으로 젖어 들었습니다.

"이제 모두들 잠자리에 들었나? 그럼 나도 이제 잠깐이라도 눈을 붙여볼까?"

"찌르르르 찌르르르……. 개굴개굴 개굴개굴……. 쓰르르르 쓰르르르……. 맹꽁맹꽁……."

여기저기서 풀벌레 소리와 개구리, 맹꽁이 소리가 요란했습니다. 모두가 잠든 이 세상은 그들의 세상인 듯 했습니다. 아름다운 밤의 음악회가 시작된 것입니다. 그러나 밤의 요정은 걱정하지 않았습니다. 그 음악회는 누구에게나 자장가처럼 익숙한 자연이 주는 선물이었기 때문입니다. 그래도 밤의 요정은 언제나처럼 그들에게도 살짝 주의를 주었습니다.

"쉬잇! 모두들 조금만 울음소리를 낮추게! "

밤의 요정의 이런 작은 외침에 모두들 한껏 소리를 낮추었습니다. 풀벌레들은 '스르르륵 스르르륵……', 개구리들도 '개구르르르 개구르르르' 하며 조심조심 울었습니다.

그렇다고 불빛이 모두 없어진 것은 아니었습니다. 여기저기서 반딧불이가 반짝반짝 하늘에 수를 놓고 있었기 때문입니다. 그렇지만 밤의 요정은 그것도 걱정하지 않았습니다. 그 정도로는 도도히 흐르는 이 짙은 어둠의 강물을 물리칠 수 없다는 것을 너무나 잘 알고 있었기 때문입니다.

그래도 밤의 요정은 잊지 않고, 그들에게도 한 마디 하였습니다.

"반딧불이들아, 너희들도 조오심. 쉬이이잇!"

반딧불이를 향한 밤의 요정의 작은 외침이었습니다. 반딧불이들도 알아들었는지 움직임이 눈에 띄게 잦아들었습니다. 그리고는 '깜박깜박'거리던 불빛들을 '까아암박 까아암박'으로 바꾸었습니다.

"휴우우우! 이제는 나도 잠자리에 들어도 되겠군. 낮의 요정이 깨울 때까지 나도 늦잠이나 자볼까?"

드디어 모두가 잠이 든 고요한 밤이 되었습니다. 밤의 요정마저도 잠이 든 정말 아름다운 밤이 되었습니다.

그런데 언제부터인가 세상이 변하기 시작하였습니다. 밤의 요정이 잠 못 이루는 날이 늘어나기 시작한 것입니다. 풀벌레 소리 요란하던 산과 들에 커다란 공장이 들어서기 시작하면서부터입니다. 아니지요. 개구리와 맹꽁이가 울던 물 논에 커다란 집들이 들어서기 시작하고부터입니다. 어느 것이 먼저였는지 헷갈리기는 하지만, 아무튼 세상은 정말 빠르게 변하고 있었습니다.

늘어나는 불빛들 때문에 밤의 요정의 몸은 자꾸 야위어 갔습니다. 앞으로 일어날 여러 가지 모든 일들이 밤의 요정의 눈에는 훤히 보였습니다. 그래서 더욱 걱정이었습니다.

"여기는 그렇게 되지 말아야 할 텐데……."

밤의 요정은 생각하기도 싫은 모습들을 떠 올리며 고개를 절레절레 흔들었습니다. 여기저기 우뚝우뚝 공장들이 들어서고, 아파트들이 뚝딱뚝딱 지어지고, 괴물 같은 큰 빌딩들이 쑥쑥 올라가고, 큰 상점들이 줄줄이 들어서는 모습들은 이미 보아 온 일들입니다. 그런 다음에는 여기저기 크고 작은 간판들이 올라갈 것이고, 그 간판들은 서로 시샘을 하듯이 너도나도 키 자랑, 색깔 자랑을 할 것이고……. 그것도 부족하여 깜빡깜빡, 번쩍번쩍, 울긋불긋, 알록달록……. 휘황찬란한 불빛들이 밤을 낮같이 밝힐 그런 세상…….

포장마차, 선술집, 소주방, 호프집, 단란주점, 이상한 요정……. 디스코텍, 콜라텍, 나이트클럽, 카바레, 사교클럽, 이름도 다양한 무도장들……. 다방, 커피숍, 카페, 전통찻집, 커피전문점 등의 여러 음료를 파는 곳들……. 한식집, 중국집, 양식집, 일식집, 갈비집, 횟집, 뷔페 등의 식당……. 통닭, 닭갈비, 족발, 삼겹살, 갈매기살, 바베큐, 햄버거, 핫도그, 피자……. 제빵점, 제과점들……. 속셈학원, 보습학원, 단과학원, 종합학원, 입시학원, 고시학원, 피아노학원, 글짓기학원, 영어학원, 태권도학원 등의 사설 교육기관들……. 내과, 외과, 정형·성형외과, 안과, 산부인과, 치과, 소아과, 비뇨기과, 피부과, 마취과, 방사선과, 신경과, 정신과를 비롯한 갖가지 병원들. 여인숙, 여관, 모텔, 호텔, 콘도, 별장 등의 갖가지 숙박 시설. 일반택시, 모범택시, 시내버스, 관광버스, 용달차, 트럭, 지게차, 포클레인, 불도

저, 구급차, 소방차를 비롯한 갖가지 크고 작은 자동차들로 가득한 세상. 이것들이 밝히는 불빛으로 가득 찬 어지러운 밤의 세계.

즐비하게 늘어선 음식점과 술집은 밤늦도록 손님들로 가득하고……. 그런가하면 다른 한 쪽에선 쉼 없이 돌아가는 기계와 함께 땀을 흘리는 산업일꾼들……. 늦은 시각까지 일을 하다가 집으로 가는 사람들과 술에 취해 비틀거리는 사람들이 섞여 북적거리는 거리……. 한적한 밤길을 이용해서 수출품을 실어 나르는 컨테이너 운전사가 있는가 하면, 밤늦도록 술을 마신 사람을 실어 나르는 대리 운전기사가 함께 사는 세상. 학생, 직장인을 비롯한 남녀가 거리마다 북적북적 시끌벅적…….

그런데 세상은 점점 밤을 낮처럼 이용하라고 부추기는 세상이 되어가고 있었습니다. 야시장, 새벽시장, 밤낚시, 심야극장, 심야버스, 24시 편의점 등이 새롭게 등장한 어지러운 세상……. 밤이 낮처럼 환한 세상, 밤이 밤 같지 않은 세상. 곧 나타날 이런 모습들이 밤의 요정의 눈에는 모두 훤히 보였습니다. 따라서 밤을 잃어버리고, 그 안에서 살아가야 할 수많은 사람들이 걱정이었던 것입니다.

밤의 요정은 이미 이런 세상을 여럿 경험해 보았습니다. 이런 나라들을 이미 잘 알고 있었습니다. 밤이 낮처럼 밝아서 도무지 밤이 있다고 할 수 없는 나라들······. 밤의 요정이 도저히 발을 붙일 수 없었던 세상······. 아니 밤의 요정을 쫓아내는 그런 세상······. 또 다시 자리를 옮겨가야 할 그런 날이 점점 다가오고 있는 것 같았습니다.

그렇다고 이 땅에 마땅히 갈 곳이 많은 것도 아니었습니다. 이 나라 어디든 밤이 낮같이 변하고 있었기 때문입니다. '밤이 없는 나라'가 되어가고 있었던 것입니다.

'내가 갈 곳은 어디일까?……'

밤의 요정은 잠시 생각에 잠겼습니다. 그러나 이 세상 어딘가는 그를 필요로 하는 곳이 있을 것이라는 생각이 들었습니다. 이 밤이 없는 나라에도 깊은 산 속 동물들에게는 어둠이 필요할 테니까요. 그렇기 때문에 밤의 요정은 자신보다는 밤이 낮같은 세상에서 힘들게 살아갈 이 나라의 많은 사람들을 걱정하는 것이었습니다. 밤이 낮같이 변한 다음의 세상 모습을 걱정하는 것이었습니다.

'설마 그렇게 되지는 않겠지? 제발 그런 나라는 되지 말아야 할 텐데……'

스트레스, 불면증, 노이로제, 불안·공포증, 우울증 같은 이상한 질병으로 시달리는 사람들이 많은 나라……. 스트레스를 풀기 위해 먹고 마시고 떠들고, 흔들어 대는 각종 시설들이 늘어나는 나라……. 그렇게 애를 써도 줄어들지 않는 알코올 중독, 마약 중독자, 암센터를 찾는 환자들……. 기형 물고기, 기형아가 태어나고, 에이즈같이 마땅한 치료제가 없는 이상한 질병들이 기승을 부리는 세상…….

밤의 요정은 머리를 절레절레 흔들었습니다. 밤의 요정의 이런 걱정이 끝없이 이어졌습니다.

"내가 더 남아 있어야 하는데……."

혼잣말을 하며 밤의 요정은 길을 떠났습니다. '밤이 없는 나라'를 걱정하면서……. 언젠가 '밤이 밤 같은 세상'이 다시 찾아오기를 바라면서 어둠이 있는 세상으로 길을 떠났습니다. 그러면서도 뭘 잊은 게 있는 것처럼 자꾸자꾸 뒤를 돌아보았습니다. ■

☞ **작가의 말**

세상이 정말 빠르게 변했습니다. 대한민국의 지난 50년은 정말 끊임 없은 변화가 함께 하는 시간들이었습니다. 너무 빠르게 변하면서 여러 가지 크고 작은 어려움도 함께하기 마련입니다. 지금 대한민국의 24시간은 쉼 없이 돌아가고 있고, 한밤중에도 불빛으로 가득한 세상이 되었습니다. 심야버스, 심야극장, 24시 편의점 등 늦은 밤에도 얼마든지 활동할 수 있고, 즐길 수 있는 편리한 세상으로 변했습니다. 그런데 그런 크고 작은 변화들이 우리들에게 편리함만을 가져왔을까요? 그 어떤 부작용은 없는 걸까요? 잠시 생각에 잠겨 봅니다.

약속

'자전거……. 저걸 탈까? 말까?'

민석이의 눈길이 자꾸 자전거에 머무릅니다. 그러나 자전거에 먼지가 뽀얗게 쌓인걸 보면 오랫동안 사람의 손길이 닿지 않은 게 분명합니다. 왠지 자전거가 쓸쓸해 보입니다. 지친 몸을 작은 보조바퀴 두 개로 간신히 버티고 서있는 것 같았습니다.

'오늘도 내가 저 자전거를 타고 밖으로 나가면, 아이들이 뭐라고 할까? 또 네발자전거를 타고 나왔다고 놀려대겠지?'

민석이의 머릿속은 이런 생각으로 조금 복잡했습니다. 아이들이 두발자전거를 타고 빙빙 돌며, 모두 자기를 향해 모여드는 모습이 떠올랐습니다. 민석이는 고개를 절레절레 흔들며, 방으로 들어왔습니다.

낡은 책상 앞에 앉아 책을 펼쳐 들었지만, 민석이의 마음은 이미 학교운동장에 가있었습니다. 문득 좋은 생각이 떠올랐습니다. 갑자기 민석이의 몸놀림이 빨라지기 시작했습니다.

자전거를 끌고 수돗가로 향했습니다. 그리고는 바가지로 물을 뿌려댔습니다. 물걸레로 자전거의 묵은 때도 닦아주었습니다. 자전거와 민석이의 얼굴이 점점 밝은 빛을 내기 시작했습니다.

햇살을 받은 자전거의 물방울들과 민석이 얼굴의 땀방울들이 보석처럼 번쩍거렸습니다. 물기를 말리기 위해 털털 떨궈서 세워둔 자전거가 밝은 햇살에 바싹바싹 몸을 말렸습니다. 그러나 물기가 마르기를 기다리는 민석이의 얼굴에는 구슬같은 땀방울들이 점점 늘어만 갔습니다. 마치 자전거의 물방울들이 민석이의 얼굴로 옮겨간 것 같았습니다.

민석이는 물기가 어지간히 닦아진 자전거를 천천히 끌어봅니다. 자전거에서 조금 이상한 소리가 났습니다.

'고장이 난 곳이 있다면 빨리 고쳐야지.'

민석이는 얼른 자전거를 세웠습니다. 자전거의 이곳저곳을 살펴보는 민석이의 모습은 마치 자전거집 아저씨 같았습니다. 그러나 이미 나이를 먹을만큼 먹은 자전거에 민석이가 할 일은 별로 없었습니다. 비눗물을 풀어서 다시 닦을까도 생각해

봤지만, 자전거의 나이를 바꾸기는 힘들 것 같았습니다.

민석이의 생각은 다시 처음으로 돌아왔습니다. 자전거를 끌고 자전거가게로 향했습니다.

"아저씨, 안녕하세요? 제 자전거 좀 고쳐 주세요."

"뭘 고치려고?"

"이걸 좀 빼주셔요."

민석이는 보조바퀴 두 개를 빼버릴 생각이었습니다. 그렇게 해서 어엿한 두발자전거를 만들어서 타려는 것입니다.

"그걸 빼버리면 자전거를 세워둘 수가 없을 텐데……."

"그래도……."

아저씨는 웃으면서 민석이가 해달라는 대로 다 해주셨습니다. 마음씨 좋은 아저씨가 자전거에 세울 것도 붙여주셨습니다. 삐걱거리는 자전거의 곳곳에 기름도 칠해주고 나사도 조여 줍니다. 자전거 구르는 소리가 훨씬 부드러워졌습니다. 자전거의 나이가 많이 젊어진 것 같았습니다.

"아저씨, 고맙습니다. 정말 고맙습니다. 제가 자전거를 다시 사게 된다면, 꼭 여기 아저씨가게에서 살게요. 약속합니다, 아저씨."

민석이의 이 말은 벌써 몇 번째인지 모릅니다. 그렇다고 민석이가 거짓말을 하는 것은 아닙니다. 정말로 그렇게 할 것이기 때문입니다. 자전거를 다시 사게 된다면, 꼭 여기 아저씨가게에서 살 것입니다. 벌써 저만큼 달아난 민석이를 보며, 맘씨 넉넉한 아저씨가 빙그레 웃어줍니다.

학교운동장에는 벌써 많은 아이들이 자전거를 타고 놀고 있었습니다. 민석이도 자전거 바퀴를 운동장으로 밀어 넣었습니다. 그리고 두 발이 된 자전거의 발걸이를 쌩쌩 돌렸습니다. 오늘따라 스르륵거리며 달리는 자전거의 움직임이 맘에 들었습니다. 역시 자기의 생각이 옳았다고 생각되었습니다.

민석이는 천천히 아이들이 놀고 있는 쪽을 향했습니다. 어엿한 두발자전거로 말입니다.

"어? 민석이 왔구나!"

"응, 너희들과 함께 놀고 싶어서……."

"그래, 잘 왔다. 우리도 너와 함께 자전거를 타고 싶었거든!"

영훈이의 반가운 목소리는 언제 들어도 마음이 편안합니다. 영훈이가 민석이 옆으로 다가와 함께 줄을 서서 달렸습니다. 많은 아이들과 함께 자전거를 타는 일은 역시 즐거웠습니다. 그러나 두 발로 달리는 자전거 중에서 민석이의 자전거 바퀴는 유난히 작아 보였습니다. 영훈이가 민석이의 자전거 속도에 맞춰서 달려주었습니다. 다른 아이들은 바퀴가 훨씬 큰 두발자전거로 저만큼 앞서 나갔습니다.

그때였습니다. 멀리서 낯익은 목소리가 들려왔습니다.

"야, 민석이 너! 자전거가 왜 그러냐?"

"……."

얄미운 석구의 목소리였습니다. 민석이에게 석구의 목소리는 듣고 싶지 않은 목소리입니다. 언제나 민석이의 마음을 건드리는 목소리였기 때문입니다.

"어쭈, 바퀴가 두 개가 됐네?"

"……."

"두발자전거라 이 말씀이시지?"

"……."

오늘도 석구의 목소리에는 가시가 박혀 있었습니다. 민석이는 석구의 말에 아무 대답도 하지 않았습니다. 말을 하려고 해도 말이 입안에서만 뱅뱅 돌뿐 입 밖으로 나오지를 않았습니다. 갑자기 몸까지 움츠러드는 것이었습니다.

"석구야, 너 무슨 말을 그렇게 하니?"

"야, 영훈이! 민석이는 가만히 있는데, 왜 네가 나서니?"

"네가 지금 나서게 하고 있잖아?"

"그럼, 너는 저 자전거가 두발자전거라고 생각하니?"

"바퀴가 두 개면 두발자전거지, 그럼 아니니?"

"두발자전거라? 그래, 두발자전거라 이 말이지?"

석구가 큰소리로 떠들자, 아이들이 몰려들기 시작했습니다. 모두가 민석이의 꼬마 두발자전거에 눈길이 머물렀습니다. 그리고는 무슨 말이건 한마디씩 던졌습니다. '두발자전거'라는 아이도 있었고, 저게 '두발자전거는 무슨 두발자전거냐'고 하는 아이들도 있었습니다.

"민석이 네가 말해 봐. 네 자전거가 두발자전거니? 네발자전거니?"

"……."

"말해 보라니까?"

"……."

"말을 않겠다, 이건가? 그럼, 좋아. 행동으로 보여 봐. 네 생각에 두발자전거라고 생각하면 여기 남아서 계속 놀고, 네발자전거라고 생각하면 동네 꼬마들에게 가서 놀아. 알겠니?"

민석이는 고개를 번쩍 들어 석구를 째려봤습니다. 싸우고 싶은 마음이 꿀떡같았습니다. 그러나 꾹 참았습니다. 민석이는 자전거를 끌고 집으로 가야겠다고 생각했습니다. 몸이 오들오들 떨렸습니다.

"영훈아, 나 갈게."

"야, 드디어 스스로 인정하시는구먼! 동네 꼬마들에게 가시겠다, 이거지? 그러면 그렇지!"

"……."

민석이는 몸을 후들후들 떨면서 자전거를 끌고 집으로 향했습니다. 처음 집을 나설 때의 생각이 잘못이었음을 후회하며 말입니다.

"민석아, 나하고 같이 가자."

"……."

영훈이가 민석이를 따라 나섰습니다. 자전거도 힘이 없는지 털거덕거렸습니다.

"야, 그런데 너 두발자전거는 언제 살 거니?"

석구의 목소리가 또 들려왔습니다. 질긴 구석이 있는 석구가 자전거를 타고 교문 앞까지 졸졸 따라오며 말을 거는 것이었습니다. 보다 못한 영훈이가 거들었습니다.

"야, 석구! 너 정말 왜 그러니?"

"민석이 저 녀석은 거짓말쟁이야! 자기도 두발자전거를 살 것이라고 큰소리친 적이 어디 한두 번이니? 그러더니 오늘은 저걸 두발자전거라고 끌고 나타났잖아! 안 그래? 내 말이 틀렸어?"

"민석이가 자전거를 사건 말건, 네가 웬 참견이야?"

"저 자식이 거짓말쟁이라서 그렇지! 자전거는 사지도 않을 거면서 자꾸 큰소리만 쳤잖아!"

못들은 척하며 대꾸도 없이 자전거를 끌고 걷기만 하던 민석이가 갑자기 홱 돌아섰습니다. 그리고 소리쳤습니다.

"뭐라고? 거짓말쟁이?"

민석이가 갑자기 자전거를 내팽개치고 석구에게 달려들었습니다. 그리고는 순식간에 석구의 자전거를 힘차게 밀쳤습니다. 석구가 자전거와 함께 여지없이 넘어졌습니다. 누가 말릴 사이도 없었습니다. 정말 눈 깜짝할 사이에 일어난 일이었습니다.

그리고도 분이 안 풀렸는지 민석이는 씩씩거리고 서있었습니다. 넘어져서 인상을 쓰고 있던 석구가 벌떡 일어났습니다. 그러나 다리가 아픈지 잠시 멈칫거렸습니다. 그러더니 다리를 질질 끌며 민석이에게 달려들었습니다. 두 사람은 뒤엉켜서, 구르며 주먹질을 해댔습니다.

운동장의 많은 아이들이 교문 앞으로 모여들었습니다. 영훈이를 비롯한 아이들이 싸움을 말렸습니다. 그러나 두 사람의 싸움은 좀처럼 끝날 것 같지 않았습니다. 지나가던 어른들이 싸움을 말려서야 간신히 진정되었습니다.

그때였습니다. 어디선가 민석이 할머니께서 다가오셨습니다. 흐트러진 민석이의 모습을 보고 할머니는 깜짝 놀랐습니다.

"민석아, 너 왜 이러니? 누구하고 싸웠어? 왜?"

"……."

"왜, 누구하고 싸웠어?"

"……."

민석이는 말없이 자전거를 일으켜 세웠습니다. 그리고는 씩씩거리며, 석구를 무서운 눈초리로 노려보았습니다.

"자전거 때문에 싸웠어?"

"저 자식이 두발자전거 언제 살 거냐고 하면서, 나에게 거짓말쟁이라고 하잖아요. 어엉엉……."

주먹을 쥐고 싸울 때도 울지 않던 민석이가 울음을 터뜨렸습니다.

"난 거짓말쟁이가 아니야, 이 자식아!"

"우리 민석이에게 누가 거짓말쟁이라고 했냐? 우리 민석이 자전거는 내가 꼭 사줄 것이다. 알았느냐, 이놈들아! 우리 민석이는 거짓말쟁이가 아니야."

"……"

"안되겠다. 민석아, 어서 가자."

할머니께서는 민석이의 손을 잡아끄셨습니다. 민석이는 자전거를 끌고, 할머니와 함께 집으로 향했습니다.

"할머니 감사합니다."

집으로 오는 길에 민석이는 할머니께 감사의 인사를 잊지 않고 올렸습니다. 할머니는 민석이의 등을 말없이 두드리셨습니다.

"할머니, 그런데 제 자전거는 필요 없어요. 그러니 사지 마세요. 아셨죠? 저는 이 자전거가 좋아요."

"자전거? 자전거라……."

"예, 할머니. 그러니 자전거 사는 거 걱정하지 마세요."

할머니는 무슨 생각을 하시는지, 갑자기 눈물을 글썽이셨습니다. 그리고는 잠시 먼 하늘을 바라보셨습니다.

"예나 지금이나 그놈의 자전거가 말썽이로구나!"

할머니는 혼잣말처럼 소리를 죽이셨습니다. 옛날에도 자전거가 문제를 일으켰던 모양입니다.

"예? 아니어요, 할머니. 저는 이 자전거가 정말 좋아요. 그간 정이 듬뿍 들었거든요."

"그래? 아니다, 아니어."

"그래요, 할머니!"

"아니어. 내가 자전거를 꼭 사줄 것이여."

"아니라니까요, 할머니!"

"알았으니까, 어서 가자."

"네, 할머니."

민석이는 할머니에게 괜한 걱정거리를 만들어 드린 것 같았습니다. 지금 이 자전거도 할머니께서 마련해주신 것인데 말입니다. 민석이가 자전거가 갖고 싶다고 떼를 쓸 때, 할머니께서 이곳저곳에 수소문을 하셔서 얻어 오셨던 자전거가 바로 이 자전거입니다. 고장이 나면, 민석이를 자전거 고치는 집으로 데리고 가서 고쳐주시는 분도 할머니이셨습니다. 민석이에게 있어서 할머니는 그런 고마운 분이십니다.

그날 저녁식사 시간이었습니다. 식구들이 모인 자리에서 민석이 할머니께서 자전거 이야기를 꺼내셨습니다.

"아범아, 민석이 자전거 한 대 사주어라."

"자전거요? 아니 갑자기 무슨 자전거요, 어머니?"

"아범은 한국말도 못 알아듣느냐? 민석이가 타고 다닐 자전거를 사주라고?"

"아니어요, 할머니. 저는 자전거가 필요 없다고 말씀드렸잖아요."

"민석이, 너. 네가 할머니께 자전거 사달라고 졸랐나보구나!"

"……."

"그랬는가 보구먼. 너 정말……."

"아니, 애꿎게 민석이는 왜 나무라는 거냐? 너희들도 보면 모르냐? 민석이 친구들이 타고 다니는 자전거를 보지도 못했어? 누가 우리 민석이처럼 그런 네발자전거를 타고 다니던? 우리 민석이가 속이 넓어서 그렇지, 요즘 누가 그런 자전거를 타고 다니더란 말이냐? 그리고 지금 민석이가 타고 다니는 자전거도 어디 너희들이 사준 것이냐? 잔소리 말고 민석이 자전거 사줘."

"아니어요, 할머니. 오늘 자전거 고치는 집에 가서 네발자전거를 두발자전거로 고쳤어요. 자전거 안 사주셔도 돼요."

"아무튼 너희들 알았지? 민석이가 막내라고 무시하지 말고, 모두 힘을 모아 자전거를 꼭 사줘라. 우리 민석이가 안쓰럽지도 않니? 나도 어떻게 해서든 보탤 것이니……."

오늘따라 민석이 할머니의 태도가 이상하리만큼 단호했습니다. 저녁식사 시간이 갑자기 숙연해졌습니다. 모두 말없이 밥만 먹었습니다. 나이 차이가 많은 형과 누나들의 반성의 시간이기도 했습니다.

그때였습니다. 전화벨소리가 요란하게 울렸습니다. 어색하기만 하던 민석이네 저녁식사 분위기가 확 바뀌는 순간이었습니다.

"……뭐라고요? 북한에 우리 아버지가 살아 계셨다고요?

그리고 우리 가족들을 찾는다고요? 찾는 사람이 누구인데요? ……그럼 맞는가보네."

전화를 받는 민석이 아버지 목소리가 예사롭지 않았습니다. 대한적십자사에서 걸려온 전화였습니다. 민석이 작은아버지, 고모들에게서도 전화가 이어졌습니다. 낮에는 모두 어디 갔었느냐고 묻기도 했습니다. 텔레비전에서도 민석이 할머니를 비롯한 가족들을 찾는 북한의 할아버지 이름이 나오고 있었습니다.

갑자기 가족 모두가 들뜨기 시작하였습니다. 그러나 할머니께서는 아무 말씀이 없으셨습니다. 돌아가신 줄로만 알고 제사까지 지내고 있던 할아버지입니다. 그래서 이산가족 상봉 신청도 하지 않았던 할아버지께서 북한에 살고 계신다는 것입니다.

"어머니는 기쁘지 않으세요? 아버지께서 살아 계신다고 하지 않습니까? 우리를 찾아 북에서 내려오신대요, 어머니!"

"그래, 알았다. 그리고……. 민석이 자전거 사는 것은 그만두어라."

"어머니, 민석이 자전거가 다 뭡니까? 북에서 아버지께서 오신대요. 어머니!"

"네 아버지가 살아서 돌아온다니 어찌 기쁘지 않겠느냐? 그렇지만 돌아오면 뭐하냐? 또 갈 것인데……. 그래서 내겐 자전거가 더 중요하다. 그러나 자전거는 이제 그만 둬라."

그날 밤 할머니의 방에서는 소리 없는 울음이 그치지 않았습니다. 아무튼 그날부터 민석이네는 할아버지를 맞이할 준비로 바쁜 날을 보냈습니다. 신문과 텔레비전의 기자들도 많이 다녀갔습니다. 식구들은 날마다 텔레비전에서 눈을 떼지 못했습니다. 그간 연락이 뜸했던 작은아버지네와 고모네 식구들도 찾아와 할아버지께 드릴 선물을 준비하고, 만나는 날 할머니께서 입으실 옷도 준비하는 등 무척 바쁜 나날을 보냈습니다. 도무지 다른 일에는 정신을 쏟을 수가 없었습니다.

그렇게 시간은 흘러갔습니다. 드디어 역사적인 2000년 광복절은 어김없이 찾아왔습니다. 민석이네 가족을 비롯한 100명의 가족들이 만나는 장면은 말 그대로 눈물이 바다를 이루었습니다.

민석이네 가족이 할아버지를 만나는 순간도 보는 이의 가슴을 울렸습니다. 민석이 할머니께서 쓰러지며 토해낸 말 한마디는 텔레비전과 신문의 주요 뉴스가 되었습니다.

"자전거 사러 나간다더니, 이제야 돌아오셨나요? 자전거 한

대 사는 데 오십년이 걸렸단 말이요. 세상 천지에 어찌 이런 일이 다 있단 말이오……."

할머니께서 피를 토하듯 반복하시는 이 말씀은 국민 모두의 가슴을 울렸습니다. 다음날 민석이네 집에는 자전거를 사는데 쓰라고 돈을 보내온 사람들이 있었습니다. 이름도 밝히지 않은 많은 사람들이 돈을 보내왔습니다.

기자들이 이런 이야기를 놓칠 리가 없었습니다. 민석이네는 오랫동안 기자들로 북적거렸습니다. 할아버지 때문에 돈이 생겼고, 그 돈으로 자전거를 샀으므로 할아버지의 50년 약속은 지켜졌습니다. 민석이의 네발자전거를 고쳐주던 그 아저씨 가게에서 자전거를 샀으므로, 민석이의 약속도 지켜졌습니다. 할머니의 말씀이 방송을 타서 이런 일들이 가능했으므로, 할머니께서 자전거를 사 주시겠다던 그 약속도 지켜졌습니다.

질긴 약속 하나가 지켜짐으로써, 실타래처럼 얽혀있던 많은 약속들이 모두 지켜진 것입니다. 도저히 풀릴 것 같지 않던 약속들이 줄줄이 지켜졌습니다.

그러나 민석이는 또 하나의 약속을 지켜보아야 했습니다. 풀릴 것 같지 않은 또 하나의 큰 약속을 말입니다.

"통일되는 그날까지 오래 살기만 하라구요. 내 반드시 다시 올 테니까……."

　머리가 허연 할아버지께서 다시 남기고 간 그 약속입니다. 울음바다 속에서 수없이 쏟아낸 말들 가운데 또렷이 기억되는 약속입니다. 이 약속은 또 언제, 어떤 모습으로 지켜질런지…….

　그러나 민석이에게는 굳은 믿음 하나가 생겼습니다. 이제 약속에 대한 새로운 사실을 믿게 된 것입니다. 약속은 지켜지기 위해서 있다는 것을……. 할아버지의 그 약속도 언젠가는 지켜질 것이라고 굳게 믿었습니다. 민석이는 할아버지의 약속이 지켜지는 그 날을 다시 손꼽아 기다리기로 했습니다. ■

☞ 작가의 말

이 세상에는 약속에 관한 명언들이 많습니다. 1) 약속은 미지불의 부채(빚)이다. 2)사람은 자기가 한 약속을 지킬만한 좋은 기억력을 가져야 한다. 3) 약속을 지키는 최선의 방법은 약속을 하지 않는 것이다. 4) 약속을 잘 하는 사람은 잊어버리기도 잘 한다. 5) 지킬 수 없는 것은 말하지 말라. 6) 오랜 약속보다 당장의 거절이 낫다. 이밖에도 약속에 관한 속담이나 명언들은 참으로 많습니다. 여러분들께서는 어떤 말씀이 가슴에 와 닿는지요? 나는 '약속은 지켜지기 위해 있다'라는 말을 가장 좋아합니다.

마지막 편지

"야, 하늘이 참 맑구나!"

쏟아지는 햇살을 주체하지 못한 송이가 가던 길을 멈추고 하늘을 쳐다봅니다. 이마에 송골송골 맺힌 땀방울을 훔치며 바라본 하늘은 구름 한 점 찾아볼 수 없습니다. 시원한 한 줄기 바람이 송이의 발걸음을 재촉합니다.

'다정아, 기다려라! 내가 간다.'

산책로처럼 길게 뻗어있는 병원의 오르막길이 참 멀게만 느껴졌습니다. 다정이와 함께 했던 이런저런 일들이 송이의 머릿속을 어지럽게 합니다. 어쩌다 두 사람 사이가 이렇게 되었는지 후회스럽기만 합니다.

송이와 다정이는 2년 동안 같은 반 친구였습니다. 6학년이 되어서 서로 반이 달라지기는 했지만, 그동안 두 사람은 누구도 말릴 수 없는 단짝이었습니다. 그런 두 사람 사이가 멀어지기 시작한 것은 지난해 2학기 학급 반장선거가 있고나서입니다.

그때 다정이는 반장으로 뽑혔습니다. 송이를 한 표 차로 제치고 반장이 된 것입니다. 선생님께서는 두 사람을 불러서 서로의 표를 바꿔서 확인하도록 하셨습니다. 그것이 문제의 시작이었습니다.

'아니 이럴 수가……'

다정이가 얻은 표를 세던 송이의 눈이 멈췄습니다. 낯익은 다정이의 글씨가 눈에 띄었기 때문입니다.

두 사람은 투표를 하기 전에 굳게 약속하였습니다. 송이는 다정이를, 다정이는 송이를 찍기로 한 것입니다. 굳이 반드시 지켜야 할 약속이라고 할 것까지는 없지만, 두 사람은 마음과 마음이 통했던 것입니다. 그래서 송이는 다정이에게 아낌없는 한 표를 던졌습니다. 그런데 다정이는 그 약속을 어기고, 자신의 이름을 쓴 것이 분명해 보였습니다.

'비겁한 애! 반장이 그렇게 하고 싶었어?'

그 일이 있은 뒤부터 송이는 마음속 검은 지우개로 다정이의 모습을 지우기 시작하였습니다. 다정이가 가까이 다가오려고 할수록 송이의 마음 속 검은 지우개는 더욱 바쁘게 움직였습니다.

어쩌다 정답게 함께 지내온 지난 일들을 생각하며 다정이를 용서하려고 애를 써봤지만, 도저히 그럴 수가 없었습니다. 생각할수록 너무 억울한 일이었기 때문입니다. 다정이가 자기처럼 약속대로 송이를 찍어 줬다면, 반장은 당연히 송이의 몫이었기 때문입니다. 더욱이 송이 자신도 다정이처럼 자기에게 투표했다면, 그 때도 반장은 송이 자신의 몫이었습니다.

다정이를 향한 송이의 이런 마음은 점점 무거운 돌이 되어 가고 있었습니다. 더욱이 송이는 자신의 이런 속마음을 아무에게도 말할 수 없는 것이 답답하였습니다. 반장이 되지 못하니까 괜히 심통을 부린다고 할 것이 뻔했기 때문입니다.

어른들은 늘 말씀하셨습니다.

"대통령 선거 때, 대통령후보들은 누구를 찍는 줄 아니?……"

"반장 선거 때, 자기를 찍는 건 아주 자연스런 일이야."

그렇게 조여 오는 어른들의 틈바구니 속에서도 송이와 다정이의 마음은 늘 변치 않아왔습니다. 오히려 서로를 바꿔 찍을 수 있음을 자랑스럽게 생각해 왔습니다. 그런 까닭에 그 규

칙을 깬 다정이를 더욱 용서할 수 없었습니다.

　이러한 송이의 마음에 불을 붙이는 사건은 이어졌습니다. 다정이가 반장이 되고난 후, 송이와 다정이 사이를 오가던 성욱이의 태도가 눈에 띄게 다정이 쪽으로 기울었습니다. 그래도 남자애들 중에서는 그만하면 괜찮은 친구라는 생각으로, 성욱이를 향한 마음을 은근하게 키워왔는데……. 그런 성욱이마저 다정이에게 쏠리니……. 이건 송이의 따뜻한 마음을 점점 차가운 돌덩이처럼 굳어지게 하는 일이었습니다.

　그러나 송이의 마음을 건드리는 일들은 여기에서 그치지 않았습니다. 다정이와 단짝일 때는 어떻게 해서든 가까이 지내려고 아첨까지 하던 여자 아이들도 점점 송이에게서 멀어졌습니다. 남자 여자를 가릴 것 없이, 많은 친구들이 반장인 다정이와 점점 가까워지는 것이 눈에 띄었습니다.

　이런 날이 계속되는 동안 송이의 마음 속 무거운 돌은 점점 덩치를 키워가면서, 더욱 깊숙이 가라앉고 있었습니다. 모두들 송이가 돌부처가 되어간다고 수군거렸습니다. 꼭 필요한 말 외에는 누구에게도 말을 붙이려고 하지 않았습니다. 다정이가 수차례에 걸쳐 말을 걸어오고 편지도 보냈지만, 소리 없는 메아리일 뿐이었습니다.

그런 송이가 오늘은 햇살처럼 뜨거운 마음을 가득 안고, 다정이가 입원한 병실을 찾아가고 있었습니다. 몇 번을 망설이던 길이었지만, 가끔씩 들려오는 다정이의 소식에 송이 자신이 견딜 수가 없었습니다. 다정이와 화해하지 않고서는 아무 일도 할 수가 없을 것 같았습니다.

6학년이 되어 서로 헤어지긴 했지만, 송이의 마음속엔 늘 다정이의 그림자가 이따금씩 되살아났습니다. 그 흔적을 지우려고 애를 쓰면 쓸수록 다정이의 모습은 더욱 또렷하고 강하게 다가왔습니다. 사실 그간 서로 외면하고는 살았지만, 송이의 마음은 하루도 편한 날이 없었습니다. 5학년 때도 마찬가지였습니다. 다정이 생각이 날 때마다, 송이는 늘 긴 한숨을 내쉬며 고개를 살래살래 흔들며 지내왔습니다.

그런 다정이가 아파서 병원에 입원했다는 소문을 들었습니다. 처음엔 조금 아프겠지 했는데, 그게 아니었습니다. 점점 심각한 소문이 나돌았습니다. 끝내는 종양성 질환인 '백혈병'이라는 소식이었습니다. 그리고 말로만 듣던 힘든 항암제 치료를 받는다는 소식도 들렸습니다. 다정이가 죽을 지도 모른다는 소문도 있었습니다.

송이는 어떻게 해야 할지 몰랐습니다. 그러다가 적극적으로 확인하기 시작했습니다. 친구들의 수군거림에도 끼어들어 봤습니다. 그렇게라도 다정이가 어떤 상태인지 확인하지 않고서는 견딜 수가 없었습니다.

'소문대로 정말 다정이가 죽기라도 한다면⋯⋯.'

송이가 확인한 다정이의 상태는 정말 심각한 모양이었습니다. '급성 림프구성 백혈병'으로 항암제 치료를 받다가 부작용으로 한쪽 눈이 보이지 않고, 한쪽 귀도 잘 들리지 않는다는 것이었습니다. 백혈병이면 그냥 백혈병이지, '급성 림프구성 백혈병'은 또 어떤 병인지 정말 알 수가 없었습니다. 다만 다정이가 아주 힘들게 치료를 받고 있는 것만은 분명한 것 같았습니다. 죽을지도 모른다는 말도 사실인 것 같았습니다.

송이의 마음은 다급해졌습니다. 자신의 눈으로 직접 확인하고 싶기도 했습니다. 다정이를 찾아가서 '꼭 이겨내라'고 용기를 주고 싶었습니다. 그리고 정말로 화해를 하고 싶었습니다. 다정이가 송이의 사과를 어떻게 받아들일지 모르는 일이었지만, 그런 건 문제가 아니었습니다.

다정이가 입원해 있는 병실을 방문하는 시간은 토요일 오후로 정했습니다. 다정이에게 줄 예쁜 꽃도 한 송이 준비했습니다. 빨간 장미꽃을 가득 안겨주고 싶었지만, 환자를 위해 유리알처럼 투명하게 만들어진 장미꽃을 한 송이 준비했습니다. 그리고 다정이에게 건넬 사과의 말과 화해의 편지도 정성스럽게 준비했습니다. 특별히 편지는 몇 번을 읽고 또 읽고, 찢고 또 쓰기를 반복하였습니다. 그리고 어서 토요일이 오기만을 기다렸습니다. 그날이 바로 오늘인 것입니다.

어느새 송이는 병원 안으로 들어서고 있었습니다. 엘리베이터를 타고 5층으로 향하는 송이의 가슴은 콩당콩당 뜀박질을 하고 있었습니다.

"띵!"

송이는 움찔했습니다. 5층에 도착했음을 알리는 엘리베이터의 알림소리가 송이를 향해 총을 쏘는 것 같았기 때문입니다. 왜 이제 오느냐고 꾸짖는 것 같기도 했습니다. 그보다도 다정이가 어떤 모습일지, 또 어떤 말부터 꺼내야 할지 갑자기 모든 것이 두렵기만 했습니다. 며칠 동안 마음의 준비를 했건만, 이 순간에는 모두 소용없는 일이었습니다. 다정이에게 할 말도 미리미리 준비했었는데 말입니다.

엘리베이터에서 내린 송이는 멈칫거리며 걷다가 간호사 언니들이 있는 곳을 바라보았습니다. 언니들의 뒤쪽에는 입원해 있는 환자들의 이름이 병실별로 쭈욱 씌어 있었습니다.

'아, 저기구나!'

다정이의 이름도 보였습니다. 다정이의 이름을 찬찬히 들여다보던 송이는 침을 '꼴깍' 삼켰습니다. 옷매무새도 바르게 다듬었습니다.

"누굴 찾아왔니?"

"예? 저어……. 저기 저 다정이를 찾아왔어요."

"503호실 다정이?"

간호사 언니의 얼굴이 어딘가 이상해보였습니다. 그리고는 한참을 말없이 송이를 찬찬히 쳐다보았습니다. 송이도 간호사 언니를 빤히 쳐다보았습니다.

"다정이는 1층 중환자실에 있단다."

"중환자실에요? 왜요?"

"갑자기 건강 상태가 좋지 않아져서……. 조금 전에 중환자실로 내려갔단다."

송이는 갑자기 머리가 몽롱해짐을 느꼈습니다. 간호사 언니께서 뭐라고 더 말을 했지만, 귀에 들어오지 않았습니다.

엉겁결에 엘리베이터를 타고 다시 1층으로 내려왔습니다. 송이는 떨리는 마음으로 중환자실을 찾으면서 잰걸음을 걸었습니다. 멀리 중환자실이 보였습니다. 중환자실 앞에서는 다정이의 어머니께서 울고 계셨습니다. 몇 사람의 어른들이 다정이의 어머니를 부축하며, 자꾸 자리에 앉으라고 권하는 모습이 보였습니다. 송이는 다정이의 어머니 곁에 아무 말 없이 서 있었습니다. 아무 말도 할 수가 없었습니다.

"너는 누구니?"

어떤 아주머니께서 송이를 발견하고 물으셨습니다.

"예, 저는 다정이 친구 송인데요."

다정이의 친구 송이라는 말에 다정이의 어머니는 얼른 고개를 들고, 송이를 반갑게 쳐다보셨습니다. 그리고는 송이의 붙잡고 볼을 비비고, 얼굴을 맞대며 쓰다듬으셨습니다. 그리고는 한없이 눈물을 쏟으셨습니다.

"아이고, 다정아! 네 친구가 왔다. 네 친구 송이가 왔어! 으엉엉……."

"죄송해요. 아주머니! 으엉……."

"다정아, 다정아! 네 친구가 왔다. 네 친구가 왔어! 으엉엉……."

다정이 어머니는 누가 보건말건 큰소리로 서럽게 울었습니다. 그리고는 중환자실의 문을 향해 비틀거리며 걸어갔습니다. 사람들이 달려들어 다정이의 어머니를 말렸습니다. 한 번

터진 다정이 어머니의 울음소리는 그칠 줄을 몰랐습니다. 그리고 녹음기를 틀어 놓은 것 같은 똑같은 외침이 이어지고 있었습니다. 송이도 한쪽에서 따라 울었습니다.

"애야, 너에겐 미안하지만 중환자실은 면회시간이 정해져 있으니, 그냥 집으로 돌아가는 게 어떻겠니? 너를 보니, 다정이 엄마가 다정이 생각이 더 나는가 보다. 나는 다정이 고모인데, 너에겐 정말 미안하다만 다정이 엄마가 걱정이 돼서 그런다."

"……."

"정말 미안하다. 네가 좀 이해해 주겠니?"

"네, 알겠어요. 저 다정이 친구 송인데요. 이 꽃을 좀 전해 주세요."

"그래, 우리 다정이가 깨어나면 내가 꼭 전해주마."

"다정이 고모님, 이 편지도요. 제가 꼭 전하고 싶은 편지거든요."

"그래, 그래. 고맙다. 내가 꼭 전해줄게. 다음에 다시 만나러 오너라. 내말 알겠지?"

"네, 모두 안녕히 계세요."

"그래, 그래. 너에게 미안하다. 잘 가거라."

송이는 정신없이 울기만 하고 있는 다정이 어머니의 모습을 뒤로한 채 떨어지지 않는 발걸음을 옮겨야만 했습니다. 다정이의 얼굴도 보지 못한 채 돌아서게 된 것입니다. 다정이에게 자기의 마음이 전해지기만을 바라면서……

그날 집에 돌아온 송이는 혼자 울었습니다. 저녁밥도 제대로 먹지 못하였습니다. 다정이가 정말 빨리 깨어나길 간절히

빌었습니다. 밤늦도록 잠을 설치며, 정말 간절한 마음으로 빌었습니다.

월요일 아침, 학교에는 슬픈 소식이 기다리고 있었습니다. 송이는 친구들이 보건말건 엉엉 울었습니다. 여기저기서 훌쩍거리는 소리가 들려왔습니다. 슬프고 우울한 시간이 그렇게 흘러갔습니다. 정말 그 어느 날보다도 교실이 슬픔으로 가득한 조용한 하루였습니다.

송이는 학교공부를 마치고 집으로 돌아오면서, 오늘 하루를 어떻게 보냈는지 모르겠다는 생각이 들었습니다. 그러면서 하늘을 쳐다봤습니다. 하늘이 토요일에 다정이를 찾아갈 때처럼 구름 한 점 없이 환했습니다. 하늘을 쳐다보며 지난 토요일을 생각했습니다. 늦었지만 다정이와 화해하기 위해 병원을 찾아가길 참 잘 했다는 생각도 했습니다. 다정이를 직접 만나지는 못했지만 마음은 조금 가벼웠습니다. 그리고 꽃과 편지를 준비하여 전달한 건 정말 잘한 일인 것 같았습니다. 그리고 생각해보니, 토요일에 다정이 고모에게 맡겼던 송이의 사과편지는 다정이에게 보낸 마지막 편지가 되었습니다.

"다정아!"

송이는 하늘을 보며 나지막이 다정이의 이름을 불러 보았습니다. 애써 다정한 목소리로 불러 보았습니다. 다정이의 환한 얼굴이 푸른 하늘에 어른거렸습니다.

그렇게 애를 쓰며 조금 가벼운 마음이 되어 집에 도착했더니, 송이에게 낯익은 글씨의 편지 한 통이 배달되어 있었습니다. 뜻밖에 다정이가 송이에게 보낸 편지였습니다. 떨리는 손으로 조심스럽지만 빠르게 편지를 뜯어보니, 다정이의 따뜻한 마음이 가득 담겨있었습니다. 마치 마지막을 예감한 듯 다정이는 슬프게 손을 내밀고 있었습니다. 날짜를 보니, 지난 금요일에 쓴 편지였습니다. 봉투 겉면의 우체국 도장도 금요일을 나타내고 있었습니다. 송이는 또 한 번 소리를 내어 엉엉 울었습니다.

'넌 마지막 순간에도 못난 나를 생각했었구나! 네가 나보다 먼저 다시 손을 내밀었구나! 네 마지막 편지 잘 받았어. 너도 내 마지막 편지 잘 받았지? 다정아! 하늘나라에서 편히 쉬어······' ■

농부의 아들

산들바람에 하늘거리는 파란 들판이 한없이 아름답습니다. 이 들판을 한 농부가 어린 꼬마의 손을 잡고, 소리 없이 걷고 있었습니다. 한없이 평화스러운 모습이었습니다.

"얘야, 이 논이 우리 논이란다."

"……."

"벼들이 참 잘 자랐지? 찬호 너처럼 말이야."

농부가 갑자기 아이를 번쩍 치켜들며 즐거워하였습니다. 갑작스런 농부의 행동에 아이가 놀라서 그만 울음을 터트립니다. 농부는 아이를 부둥켜안고 조심스럽게 등을 토닥거렸습니다. 그러더니 그 자리에 벌떡 드러누웠습니다. 마치 흙바닥이 방바닥이라도 되는 줄 아는 모양이었습니다. 그러나 아이를 토닥거리는 손길이 한없이 다정스럽기만 합니다. 농부는 한없이 행복해 보였습니다.

이 젊은 농부는 초등학교 때부터 부모님의 일손을 도우며 농사짓는 일에 매달렸습니다. 고등학교까지 졸업하였지만, 그는 부모님의 곁을 떠나지 않았습니다. 그래서 농사짓는 일 말고는 아무 것도 모르며 살아왔습니다. 젊은이는 열심히 일하여 농사지을 땅도 점점 넓혀 나갔습니다. 농사짓는 일만큼은 점점 자신 있는 사람이 되어갔습니다.

그러나 세상은 그를 좋아하는 것 같지 않았습니다. 흙먼지를 뒤집어 쓴 푸석푸석한 머리며, 한없이 검붉은 피부, 약간이지만 구부정한 허리, 마디가 굵어질 대로 굵어진 거친 손을 가진 이 젊은 농부에게 시집을 오겠다는 아가씨가 없었습니다.

그런 그를 걱정하던 부모님도 세상을 떠나셨습니다. 외롭게 혼자 농사를 지으며 살던 그에게 늦게나마 시집오겠다는 마음 넉넉한 아가씨가 있었습니다. 그렇게 장가를 들어서 태어난 아이가 찬호입니다.

언제부턴가 이런 젊은 농부인 찬호 아빠에 대해 이상한 소문이 돌기 시작했습니다. 처음엔 그냥 찬호 아빠가 좀 이상한 것 같다고 했습니다. 그러다가 좀 더 구체적으로 찬호 아빠가 정신이 이상해진 것 같다고 했습니다. 그러더니 마침내는 아무래도 찬호 아빠가 미친 것 같다는 소문이 퍼졌습니다. 왜냐하면 찬호 아빠가 혼자 무슨 말인가 중얼중얼 하면서 다니는데, 정신이 나간 사람이 분명하다는 것이었습니다.

그 소문을 들은 마을사람들은 모두가 이상한 눈으로 찬호 아빠를 바라보았습니다. 그러면서 찬호 아빠가 혼자 중얼중얼 하는 모습을 발견한 사람들이 점점 많아졌습니다. 그러자 찬호 아빠에 대한 소문은 점점 사실로 굳어져갔습니다. 그러나 찬호 아빠가 도대체 무슨 말을 하는지 알아들은 사람은 아무도 없었습니다. 누가 찬호 아빠에게 '왜 그러느냐'고 물으면 그저 머리만 긁적거렸습니다. 대답도 없이 멋쩍어 하는 찬호 아빠의 모습은 그가 조금 정신이 나간 사람이라는 소문만을 더욱 믿게 만들 뿐이었습니다.

소문은 점점 멀리멀리 퍼져나갔습니다. 소문은 또 다른 소문을 낳아 꼬리를 물고 이어갔습니다. 찬호 아빠가 이상해진 것은 그의 아내 때문이라는 소문까지 퍼졌습니다. 찬호 엄마가 시집오기 전에 이상한 술집 여자였다는 것입니다. 뒤늦게 찬호 엄마에 대해 알게 된 찬호 아빠가 혼자 고민을 하다가 정신이 이상해졌다는 그럴 듯한 이야기가 소문으로 퍼졌습니다. 찬호 엄마가 아무도 모르게 담배를 피운다는 소문도 돌았습니다.

그러나 모든 소문들이 그러하듯, 정작 소문의 주인공인 찬호네 가족은 이런 사실을 아무도 모르고 있었습니다. 찬호 가족 중에서 맨 먼저 이 소문을 듣게 된 사람은 찬호 엄마였습니다. 찬호 아빠가 조금 이상하다는 말만 듣는 정도였지만, 찬호 엄마는 이 소문을 듣고 깜짝 놀랐습니다. 마을 사람들이 찬호 아빠를 그렇게 보고 있었다니, 정말 기가 막혔습니다. 그런 게 아니라고 말했지만, 마을 사람들은 찬호 아빠가 혼자 중얼거리고 다닌 것을 본 사람이 아주 많다고 했습니다. 아무리 아니라고 말해도 모두 믿어주지를 않았습니다. 오히려 찬호 엄마가 불쌍하다는 표정들이었습니다.

그렇지만 찬호 엄마는 그런 소문을 믿지 않았습니다. 아니 믿을 수 없었습니다. 찬호네는 아무 일없이 그렇게 잘 살고 있는데 말입니다. 그렇지만 조금 신경이 쓰이는 것은 사실이었습니다. 가끔 마을 사람들이 들려준 말이 떠올라 혼자 고개를 가로 저었습니다.

그러던 어느 날 찬호 엄마도 찬호 아빠가 중얼거리는 모습을 보게 되었습니다. 화장실에서 무슨 말인가 혼자 중얼거리는 것이었습니다. 처음엔 화장실에 찬호와 같이 있는 줄 알았는데, 아들 찬호는 마당에서 혼자 놀고 있었습니다. 이상하게 여긴 찬호 엄마는 찬호 아빠가 무슨 말을 하는지 들으려고 화장실문에 귀를 대고 가깝게 다가섰습니다. 잠깐 들은 말이지만, 무슨 아들이라는 말이 들어간 걸 보면, 아들 찬호와 관계가 있는 것 같기도 했습니다. 그렇지만 무슨 말을 하는지는 알아들을 수 없었습니다.

그런데 이상한 일이었습니다. 찬호 엄마가 바싹 신경을 곤두세워서 그런지, 이런 일이 가끔 눈에 띄는 것이었습니다. 그러더니 눈에 띄는 횟수가 점점 많아졌습니다. 찬호 아빠가 화장실에서, 논에서, 밭에서 자꾸 무슨 말인가를 중얼중얼 하는 모습이 눈에 띄는 것이었습니다. 어쩔 때는 길을 걸으면서도 혼자 중얼거렸습니다.

찬호 엄마의 걱정도 점점 깊어지기 시작했습니다. 찬호 아빠에게 무슨 걱정거리가 생긴 것은 아닌지, 정말 정신이 이상해진 것은 아닌지 걱정이 되기 시작한 것입니다. 주로 아들과 관계된 이야기를 많이 하는 것 같은데, 무슨 말인지는 알아들을 수가 없었습니다. 그렇지만 찬호 아빠에게 '왜 그러느냐?'고 물어보지는 못했습니다. 묻고 싶은 마음은 굴뚝같았지만, 차마

물을 수가 없었습니다. 아들 찬호에게 무슨 일이 있는 것도 아니고……. 농사짓는 일밖에는 모르는 찬호 아빠지만, 정말 이상한 사람으로 변하고 있는 것은 아닐까 두렵기까지 했습니다.

찬호 아빠가 농사일이 힘들어서 그러는지 모르겠다는 생각도 들었습니다. 그 많은 농사일에 파묻혀 사는 찬호 아빠에게는 날마다 힘든 날의 연속이었기 때문입니다. 더욱이 찬호 아빠는 찬호 엄마만은 고생시키지 않겠다고 농사일에 나서지 못하게 하고, 혼자서 갖가지 농기계를 이용하여 일을 하고 있기 때문에 힘이 드는 것도 사실이었습니다. 그래도 찬호 엄마가 조금씩 돕고는 있지만, 돕는 데는 한계가 있었습니다. 그래서 더욱 걱정이 되기도 했습니다.

그래서 찬호 엄마는 오늘 읍내의 한의원에 다녀왔습니다. 찬호 아빠를 위해 몰래 보약을 한 제 지어왔습니다.

"찬호 아빠, 요즘 날마다 힘들지요? 그래서 제가 보약을 지어왔으니, 지금 드시고 일을 하셔요."

"보약은 무슨 보약? 쓸데없는 일을 했구려! 찬호 엄마 당신이나 드셔요."

"나는 걱정하지 마시고……."

찬호 아빠는 찬호 엄마의 성화에 못 이겨 보약을 먹기 시작하였습니다. 사실 찬호 아빠는 자기 논농사 말고도 마을사람들의 논농사 대부분도 빌려짓고 있어서 날마다 힘이 드는 것도 사실이었습니다.

　그래도 찬호 아빠의 중얼거림이 줄어들지는 않았습니다. 한의원에 두 번째 약을 지으러 갔을 때 의사선생님은 찬호 아빠를 한 번 모시고 오라고 하셨습니다. 그러나 그럴 수는 없었습니다. 찬호 아빠가 농사일로 바쁘기도 했지만, 무엇보다도 찬호 아빠를 환자 취급하는 것이 싫었습니다. 그러면서도 찬호 엄마는 두려웠습니다. 어느 날, 찬호 엄마는 큰맘 먹고 찬호 아빠에게 말을 건넸습니다.

　"여보, 당신 어디 아픈 데는 없어요?"

　"내가 어디가 아파? 쓸데없는 소리는……."

　"……."

　"그런데 내 보약만 지어오지 말고, 당신 보약과 우리 찬호가 먹을 보약도 한 제 지어 오시오."

　"찬호가 걱정이 되세요?"

　"그럼, 우리 아들이 걱정이지. 우리 아들이 건강해야지. 당신과 나, 아니 우리 집의 보배가 찬호 아니요?"

　"그래서 당신이 요즘 자꾸 헛소리를 하는 것 아니에요?"

"헛소리는 무슨……. 쓸데없는 소리 그만하시오. 그렇지, 찬호야?"

찬호 아빠는 찬호를 꼬옥 끌어안고 방바닥에 벌렁 드러누웠습니다. 그리고는 찬호와 볼을 비비며 즐거워했습니다. 아무 것도 모르는 찬호는 아빠와 방긋방긋 웃음을 나누었습니다.

"아이구, 우리 찬호. 나는 너만 보면 힘이 펄펄 솟는다."

"아무튼 당신, 건강 주의하세요. 당신이 우리 집의 기둥이란 것을 아시지요?"

"알았어요, 알았어. 내 걱정은 마시오."

찬호 엄마는 더 이상 아무 말도 할 수 없었습니다. 그러나 찬호 아빠의 중얼거림은 줄어들지 않았습니다. 그렇지만 찬호네는 물론, 마을 사람 모두가 바쁜 농사일에 묻혀서 정신이 없었습니다. 그래서인지 찬호네 가족에 대한 소문은 차츰 줄어드는 것 같았습니다.

찬호네 가족에 대해, 정확히 말하면 찬호 아빠에 대한 관심이 멀어지기 시작한 어느 날이었습니다. 마을 이장님의 마이크 소리가 조용한 일요일 아침을 흔들어 깨웠습니다.

"예, 마을 주민 여러분. 잠시 후 여섯 시 삼십 분부터 우리

마을 찬호 아버지가 텔레비전에 나옵니다. 모두 텔레비전을 켜고, 방송을 시청해 주시기 바랍니다. '살기 좋은 우리 농촌' 프로그램에 찬호 아버지가 나옵니다. 다시 한 번 알려 드리겠습니다. 예, 마을 주민 여러분······. 찬호 아버지가 방송에 나옵니다."

"뭐? 찬호 아빠가 방송에 나온다고?"

"······."

마을 사람들은 모두 텔레비전을 켜고 채널을 이리저리 돌렸습니다. 물론 찬호네 가족들도 텔레비전 앞에 앉았습니다.

"······어떻게 농사를 지으셨길래 전국 '벼 다수확 왕'으로 뽑히셨습니까? 그 비법을 공개해 주시지요."

"저는 기본적으로 논에서 나온 것은 쌀만 빼고, 나머지를 모두 논으로 돌려보냅니다. 볏짚은 물론이고, 쌀겨까지 모두 논으로 돌려줍니다. 볏짚은 집으로 가져와 '유기 비료장'에서 퇴비를 만들어 다시 논에 주는 것입니다. 그뿐만이 아닙니다. 저는 아들이 참 많습니다. 우리 아들 찬호가 있지만, 찬호만 내 아들이 아닙니다. 논에 있는 모든 벼들이 저의 아들이라고 생각하며 농사를 지었습니다."

"그 말이 무슨 말씀이시지요? 벼들이 모두 아들이라고 하

셨지요?"

"그렇습니다. 나는 아침 일찍 논에 나가 내 아들들에게 인사를 합니다. '아들들아, 어젯밤은 잘 잤느냐'고 말입니다. 그리고는 어디 아픈 데는 없는지 잘 살펴봅니다. 아픈 데가 있으면 즉시 치료를 해주어야 하지 않겠습니까? 낮에는 또 잘 지내고 있는지 꼼꼼히 둘러보고요. 저녁때가 되면 '아들들아, 내일 또 올 테니 잘 자거라' 하고 인사를 하고 돌아옵니다. 돌아오는 길에도 걱정이 되어 '내 아들들이 잘 있어야 할 텐데……'하며 혼자 말을 하기도 합니다. 이처럼 나는 날마다 벼들과 대화를 나눕니다. 화장실에서도 내 아들들이 생각나서 걱정의 말을 하기도 합니다. 그래서 그런지 벼들이 정말 잘 자라주었습니다. 아마도 벼들도 내 말을 알아들었는가 봅니다. 내 말대로 건강하게 잘 자라주었으니까요. 그래서 올해 벼농사를 잘 지을 수 있었다고 생각합니다."

"예, 과연 전국 다수확왕이 되실만합니다. 벼들과 대화를 나누는 농부! 벼들을 집에 있는 아들과 같이 여기는 농부의 마음, 그것이 비결이었군요.……"

텔레비전을 보고 있던 찬호 엄마는 찬호 아빠를 꼬옥 끌어 안았습니다. 찬호까지 끌어당겨 함께 꼬옥 안았습니다. 깜박거리던 찬호 엄마의 두 눈에서 눈물이 펑펑 쏟아지고 있었습니다. 방송을 녹화하는 비디오디스크 녹화기는 '스륵스륵' 소리를 내며, 계속 돌아가고 있었습니다. ■

부모노릇하기가 쉽지 않은 세상입니다. 그런가하면 자식노릇하기도 쉽지 않습니다. 그러나 우리 주위에서 자기 부모님보다는 제 자식에게 정성을 쏟는 모습은 비교적 쉽게 찾아볼 수 있습니다. '세상 모든 일을 자기 자식 키우 듯 한다면, 못 이룰 일이 있을까?'하는 생각을 해봅니다. 정성을 다해 키우지 못한 아들 하나를 세상에 내놓습니다. '농부의 아들'이라는 이름으로…….

가짜 포졸

"참 걱정이야!"

오늘도 임금님의 걱정은 이만저만이 아니었습니다. 날마다 교통사고로 죽거나 다친 백성들에 대한 보고를 들어야했기 때문입니다. 임금님은 걱정에 휩싸였습니다. 아무래도 이대로 둘 수는 없는 일이었습니다. 그래서 대궐회의를 열었습니다.

"오늘은 날마다 일어나고 있는 교통사고를 줄이는 방법을 찾기 위해 여러분을 모이시라고 했소. 좋은 방법이 없겠소?"

"……."

"왜 아무 말이 없는 것이오? 아무래도 내가 덕이 없어서 일어나는 일인 것 같소. 하루도 빠지지 않고 교통사고가 일어나고 있으니……. 내가 임금 자리에서 물러나야겠소."

"그게 무슨 말씀이옵니까, 주상 전하? 제게 덕이 없어서 일어나는 일이오니, 원하옵건데 저를 영의정의 자리에서 물러나게 하여주십시오."

"아닙니다, 전하. 모든 것이 저의 탓이옵니다. 교통장관인 제가 덕이 없어서 일어나는 일이옵니다. 저를 자리에서 물러나게 해주십시오."

조용하던 대궐이 갑자기 시끄러워졌습니다. 임금님이 물러나겠다고 하자, 서로 자기 책임이라고 말하며 물러나겠다는 사람들이 많아졌기 때문입니다. 내무장관은 운전자의 잘못을 지도하고 단속하지 못한 것이 자기 책임이라고 하였고, 포도대장은 실제적인 책임을 지고 있는 자기 때문이라고 하였습니다. 길을 만들고 관리하는 건설장관은 자신의 책임이라고 하였고, 교육장관은 백성들 교육을 잘못시켰기 때문에 자기 책임이라고 하였습니다. 이들은 한결같이 책임자인 자기가 물러나야 한다고 야단을 떨었습니다.

"아니, 왜들 이러시오. 모두가 물러나겠다고만 하면, 어떻게 하자는 말이오. 물러나는 사람은 나 혼자로 족하니, 여러분들은 교통사고를 줄일 수 있는 방법이나 찾아내시오."

그래도 시끄러움은 가시지 않았습니다. 임금님은 갑자기 화가 났습니다. 장관들을 이대로 두어서는 안 되겠다는 생각까지 들었습니다.

"모두들 조용히 하시오. 지금 당장 교통사고를 줄일 수 있는 좋은 방법들을 연구해오시오. 모두들 물러날 각오라면 무슨 일인들 못하겠소. 세자의 나이가 아직 어리지만 나는 물러날 각오를 하였으니, 세자를 중심으로 일주일의 시간을 줄 테니, 좋은 방법을 연구하여 나에게 보고토록 하시오. 그때까지 해결방안을 찾지 못하면 모두 물러날 각오들을 하시오."

모두 죽을 맛이었습니다. 교통사고를 줄일 수 있는 방법을 찾는다는 것이 임금님의 말처럼 쉬운 일이 아니었기 때문입니다. 그것도 일주일 안으로 찾아서 보고하라고 하였으니 말입니다. 그러나 임금님의 명령이 떨어졌으니, 장관들도 어쩔 수 없었습니다.

장관들은 밤늦게까지 모여서 별의별 방법들을 다 내놓으며 좋은 방법을 찾았습니다. 그 속에는 어린 세자도 초롱초롱한 눈망울을 굴리며 끼여 있었습니다.

드디어 임금님께 보고를 하기 위해 다시 대궐회의가 열렸습니다.

"어떤 해결 방안을 찾았소. 어서 좋은 방법들을 말해 보시오."

"우선 자동차들을 천천히 다니도록 했습니다. 그리고 포졸들을 곳곳에 풀어서 대대적인 단속을 시작했습니다. 도로 안내 표지판을 곳곳에 세워서 조심할 곳을 알렸으며, 전국적으로 백성들에게 안전교육을 실시하였습니다. 그랬더니 오늘 교통사고가 며칠 전보다 반으로 줄었습니다."

"그래요? 그거 정말 반가운 소식이군요. 벌써 교통사고가 반으로 줄었다니 말이오? 그런 좋은 방안이 있었다니……. 흐흠……. 그러나 나는 물러나기로 한 사람이니……. 어디 우리 세자가 장관들에게 칭찬의 말이라도 한마디 해보시오."

장관들이 모두 어린 세자에게 눈을 돌렸습니다. 세자는 일어서서 기다렸다는 듯이 말문을 열었습니다.

"아바마마께서 물러나시는 것은 당치도 않사옵니다. 저들이 물러나야 할 것입니다. 저들의 말은 거짓으로 가득 차 있습니다. 저들이 자리를 보전하기 위해 모두 꾸며낸 말들입니다. 장관들이 어젯밤 늦게까지 좋은 방법을 찾기 위해 노력한 것은 사실이오나, 모든 일들이 지시를 하였다고 그것이 지금 당장 전국적으로 실시될 수는 없는 일이옵니다. 그리고 미리 만들어 놓은 안내판도 없었을 터인데 언제 어떻게 설치를 하였다는 것이며, 바쁘게 일하고 있을 백성들에게 누가 언제 안전교육을 실시하였다는 말입니까? 전국의 그 많은 도로에 비하면 포졸들의 숫자도 턱없이 부족할 터인데, 어떻게 포졸들을 곳곳에 배치하였다는 것입니까? 그런데도 저들은 거짓말을 하고 있사옵니다. 그러나 이러한 많은 일들은 진작부터 시행했어야 할 일들입니다. 장관들을 당장 물러나게 할 일이오나, 오늘부터라도 이 일을 시간을 갖고 착실히 실천하는지를 지켜보는 것이 순서일 듯하옵니다."

세자의 말을 듣고 있던 사람 모두가 고개를 절레절레 흔들었습니다. 장관들은 고개를 땅에 닿도록 숙이고 부들부들 떨었습니다. 다만 임금님의 입가에는 잔잔한 미소가 흘렀습니다.

"그게 사실이오? 이런……. 당장 물러들 가시오. 한 달 뒤에 다시 회의를 열겠소. 그 때까지 지금 마련한 방안들을 착실히 실천하고, 그 결과를 다시 보고하시오. 당장 물러들 가시오."

어린 세자는 쩔쩔매는 장관들을 당당한 모습으로 바라보았습니다. 장관들은 이런 어린 세자의 모습을 바르게 쳐다보지도 못하고 자리에서 물러났습니다.

한 달이 지나 다시 대궐회의가 열렸습니다. 장관들을 대표하여 영의정이 입을 열었습니다.

"한 달 전에 말씀올린대로 포졸들을 곳곳에 배치하여 차들이 속도를 줄이고 천천히 다니도록 지도하고, 단속하여 위반자는 규정에 따라서 엄하게 벌을 내렸습니다. 그리고 각 지방의 위험한 곳을 찾아서 '교통사고가 많이 일어나는 곳'이라는 안내판을 설치하도록 하였습니다. 그 결과로 전국의 많은 곳에 교통안내판이 설치되었습니다. 그리고 앞으로도 사고가 자주 일어나는 곳이나 일어날 가능성이 있는 곳을 찾아서 포졸들의 배치를 늘려 나가고, 교통안내판도 계속 설치해 나갈 생각입니다. 그리고 교통안전을 위한 백성들의 교육은 우선 자동차를 가지고 있는 운전자를 중심으로 교육을 실시하였습니다. 모든 자동차회사는 차를 새로 구입하는 사람들을 대상으로 안전교육을 실시하도록 하였으며, 운전면허증을 새로 받는 사람이나 면허증을 받은 뒤 5년이 지난 사람들을 대상으로 안전교육을 실시하였으며, 방송과 신문을 통해 교통사고의 참상을 알리고 교통사고를 줄이자는 운동을 펼쳐 나가고 있습니다."

"그래요? 그런데 지난번에 우리 세자가 말하기를 포졸들의 숫자가 턱없이 부족하여 곳곳에 포졸들을 배치하는 것은 어렵다고 했는데, 그 문제는 어떻게 처리하였소?"

"그 문제는 이렇게 처리하였사옵니다. 우선 예산이 허락하는 대로 포졸들의 숫자를 조금 늘렸습니다. 그렇다고 전국의 모든 도로에 포졸들을 모두 배치할 수는 없었습니다. 일부 포졸들은 남아서 백성들의 생명과 재산을 지키고, 질서를 유지해야 하기 때문입니다. 그래서 사고가 자주 일어나는 곳을 중심으로 포졸들을 곳곳에 배치하여 운전자들이 천천히 다니도록 지도하고 단속을 실시하였습니다. 그래도 포졸을 배치하지 못한 위험한 곳에는 나무를 깎아서 색칠을 하고 포졸의 옷을 입히고 모자를 씌워서, 포졸이 단속하고 있는 것처럼 꾸미며 운전자들이 조심하도록 하였습니다.”

“오호, 그렇게까지 하였단 말이오. 어쩌면 이번에는 제대로들 한 것 같군요. 그런데 그렇게 하였더니 교통사고가 정말 줄어들었소?”

“그렇습니다, 임금님. 한 달 동안 꾸준히 실천한 결과로 교통사고가 많이 줄었습니다. 그러나 아직도 교통사고는 일어나고 있습니다.”

“많이 줄었다고? 흐흠……. 교통사고를 아주 없애면 좋은 일이겠지만……. 어쨌든 수고들 하셨소. 그러나저러나 우리 세자도 한 마디 해야지?”

모두들 어린 세자에게로 눈길이 쏠렸습니다. 세자의 입에서 무슨 말이 나올지 궁금하였습니다. 그러나 장관들도 이번에는 자신이 있다는 듯 입가에 미소가 돌았습니다. 세자가 나서서 말문을 열었습니다.

“가짜 포졸들을 만들어 배치하셨다고요? 누구의 생각이었는지 대단한 생각입니다. 그런데 그 가짜 포졸이 마음에 걸립니다. 가짜 포졸을 만드는데 돈도 제법 들었을 테고…… 그 가짜 포졸들이 계속해서 그 모습으로 서 있을 것이라고 생각합니까? 앞으로 부서진 것, 옷이 찢어진 것, 모자가 벗겨진 것은 없겠습니까? 깎은 나무에 칠한 색이 벗겨진 것은 없을까요?"

"계속해서 보수하고 관리를 해야지요, 세자마마."

"그럼 계속해서 돈이 들어가겠군요? 또 그 가짜 포졸들이 제대로 서있는지 살펴보느라고 포졸들이 더 필요할 테고요?"

"……"

"정말 그렇겠구나! 세자."

"예, 아바마마. 그리고 가짜 포졸들이 계속해서 한 곳에만 있으면, 운전자들이 가짜라는 것을 차차 알게 될 텐데…… 그래도 효과가 있을까요?"

"가짜 포졸들의 위치를 자주 옮기면 어떨까요?"

"그러려면 그렇잖아도 부족한 포졸들이 또 나서야 할 텐데…… 다시 세우는 데도 돈이 들 테고……"

"……"

"무엇보다도 백성들을 속이면서까지 교통안전을 위한다는 것이 마음에 걸리는 일입니다. 백성들이 아무리 어리석기로 가짜 포졸을 진짜로 알까요? 허수아비를 사람으로 알고 달아나는 참새처럼……"

"……."

"속임수로 백성을 대해서는 안 된다고 생각합니다. 속임수는 잠깐 동안의 효과는 있을지 몰라도 영원할 수는 없는 일입니다. 어린 저의 생각으로는 다른 것들은 장관님들의 생각대로 착실히 시행하시더라도, 가짜 포졸들은 그 가치가 없어지는 것을 봐가며 천천히 없애야 하리라고 생각합니다."

"……."

"세자야, 그러면 교통사고가 다시 늘어나지 않겠느냐?"

"돈이 들고 시간이 좀 더 걸리더라도 교통사고를 줄일 수 있는 바른 방법을 찾아가야 할 것으로 생각합니다, 아바마마! 교통안내 시설이 잘못되어 있거나 부족하다면, 올바르게 고치고 꾸준히 설치해 나가야 할 것입니다. 길이 구부러져서 사고가 많다면 길을 반듯하게 고쳐야 할 것이고요."

어린 세자의 차분한 말이 이어졌지만, 고요함이 흐를 뿐이었습니다. 모두들 아무 말이 없었습니다. 임금님도 더 이상 아무 말씀이 없으셨습니다. ■

옛날이나 지금이나 '거짓이 없고 바른 것'이 항상 옳은 것입니다. 거짓은 언젠가 드러나게 마련입니다. 잠시는 속일 수 있을지언정 영원히 속일 수는 없는 일이니까요. 그래서 속임수는 바른 해결책이 아닙니다. 또 다른 문제를 부를 뿐입니다. 그런 점에서 우리 어린이들의 정직하고 순수한 시각을 어른들이 많이 배워야 할 것입니다. 특히 우리나라의 높은 분들이……. 정치하는 분들이…….

대한민국의 다이아몬드

"명희야!"

"응."

"우리나라와 사우디아라비아는 어느 나라가 살기 좋은 나라일까?"

"살기 좋은 나라? 글쎄……. 현석이 넌 어디라고 생각하는데?"

"글쎄……."

"순 엉터리! 자기도 잘 모르면서……."

며칠 전부터 현석이의 머릿속은 이런 생각들로 가득합니다. 사회시간에 '자원이 풍부한 나라들'에 대해 배우고 나서 생겨난 궁금증들 때문입니다. 현석이의 머릿속은 여러 생각들이 꼬리를 물고 이어져서 복잡하기까지 합니다.

"왜 우리나라에서는 석유가 나지 않는 걸까?"

"글쎄……."

"사우디아라비아를 비롯한 중동지방에서는 땅을 파기만 하면, 석유가 물처럼 쏟아진다는데……."

아무리 생각해도 참 신기하고 이상한 일입니다. 중동지방에서는 땅을 파면, 펑펑 쏟아진다는 석유가 우리나라에서는 생산되지 않으니 말입니다.

'우리나라 땅에는 정말 석유가 없는 걸까? 발견하지 못한 것은 아닐까?'

현석이의 머릿속은 궁금증들이 줄을 서서 기다리고 있었습니다. 그러던 현석이가 갑자기 고개를 절레절레 흔들며 한숨을 내쉬었습니다.

"아휴!"

"왜?"

"우리나라에서는 왜 석유가 안 나오느냐고?"

"그 대신 우리나라에선 깨끗한 물이 펑펑 나오잖아. 그리고 그 쪽은 사막과 모래땅이 많아서 사람들이 살기 어렵지만, 우리나라는 예로부터 금수강산이라고 불릴 정도로 아름다운 땅을 갖고 있잖아. 또 그들 나라가 석유로 부자가 되었다면, 우리나라 사람들은 반도체와 자동차, 조선업 등 머리를 써서 우리도 부자나라가 되어가고 있잖아."

"그런가?"

"세상은 공평해."

명희의 설명을 듣고 나니, 그 말이 맞는 것 같기도 했습니다. 그들 나라에서는 석유를 팔아서 깨끗한 물을 얻기 위해 돈을 들이고 있다니, 세상이 공평한 것 같기도 하였습니다.

'그래도 공평한 것 같지는 않아. 땅을 파기만 하면 펑펑 나오는 석유로 부자가 된 나라와 어렵게 머리를 써서 잘 살게 된 우리나라가 똑같다고? 똑같이 잘 사는 것도 아니고……'

그날 밤, 현석이는 컴퓨터 앞에 앉아 궁금증을 푸는 작업을 시작하였습니다. 궁금하면 참지 못하는 현석이가 움직이기 시작한 것입니다.

먼저 우리나라에서도 석유를 생산할 수 있는지 조사해보았습니다. 한참을 찾다보니, 오래 전에 우리나라에서도 석유가 발견되었다는 뉴스들을 찾을 수가 있었습니다. 그러나 결론은 우리나라 땅속에도 석유가 묻혀있기는 하나, 그 매장량이 적어서 경제성이 없다는 것이었습니다.

"하하하, 우리나라에도 석유가 없는 건 아니군 그래."

현석이는 혼자 피식 웃으며, 괜히 기분이 좋아졌습니다. 어쩌면 우리나라에서도 석유가 펑펑 쏟아지는 날이 올지 모른다는 생각도 해봤습니다.

그러면서도 한편으로는 명희의 말처럼 세상은 공평할지도 모른다는 생각도 했습니다. 사우디아라비아에는 석유, 프랑스

에는 포도, 그리스에는 올리브가 있다면, 우리나라에도 반도체와 정보통신과 같은 뛰어난 기술이 있지 않느냐는 생각이 들었습니다.

'그렇다면 이 세상에서 가장 비싸다는 다이아몬드는 어느 나라에서 가장 많이 생산되고 있을까? 그리고 그 나라 사람들은 얼마나 잘 살고 있을까?'

현석이의 머릿속에는 궁금증들이 모락모락 피어올랐습니다. 정말 재미있는 조사가 될 것 같았습니다.

그런데 이게 어찌된 일입니까? 인터넷에서 다이아몬드가 가장 많이 생산되는 나라를 찾아봤더니 아프리카의 '시에라리온'이라는 나라가 나오는데, '슬픈 다이아몬드의 나라 시에라리온', '세계에서 가장 가난한 나라 시에라리온'이라는 제목들이 함께 검색되는 게 아닙니까?

'그 비싼 다이아몬드를 가장 많이 생산하는 나라가 세계에서 가장 가난한 나라라고?'

현석이는 깜짝 놀라 눈을 동그랗게 뜨고, 찾은 글들을 찬찬히 읽어봤습니다. 그러나 그것은 사실이었습니다. 시에라리온이라는 나라가 왜 '슬픈 다이아몬드의 나라'가 되었는지, 그 까닭도 자세히 알 수 있었습니다. 시에라리온은 다이아몬드

채굴권을 둘러싸고 정부군과 반군세력 사이에 끊임없는 싸움이 벌어지고 있고, 밀수업자들이 다이아몬드를 조금이라도 더 싸고 쉽게 얻기 위해 이들의 싸움을 뒤에서 부추기고 있다는 것이었습니다. 시에라리온에서는 이런 불안전한 상황 속에서 다이아몬드의 불법 채굴이 일어나고, 이렇게 불법 채굴된 다이아몬드의 대부분은 독재자와 군인의 손을 거쳐 유럽과 미국으로 밀수출되고 있었습니다. 그리고 그렇게 벌어들인 돈은 다시 다이아몬드를 조금이라도 더 많이 차지하기 위해 정부군과 반군세력이 다시 무기를 구입하여 전쟁을 하는 데 쏟아 붓고 있는 것이었습니다. 결국 시에라리온은 다이아몬드 때문에 같은 국민끼리 총부리를 겨누고 전쟁만하고 있으니 '가난한 나라'일 수밖에 없었고, 그래서 '슬픈 다이아몬드의 나라'라고 불리고 있는 것이었습니다.

'아아, 이런!'

현석이는 안타까운 마음에 긴 한숨을 내쉬었습니다. 언뜻 6.25전쟁으로 잿더미가 되었던 1950년의 우리나라 모습을 떠올렸습니다. 그리고 잠시 생각에 잠겼습니다.

'시에라리온 땅에는 그 비싼 다이아몬드가⋯⋯. 사우디아라비아에는 석유, 프랑스에는 포도나무⋯⋯. 그럼 우리 땅에는

무엇이 숨어있지? 우리 땅에서 생산되는 다이아몬드는 무엇일까?'

현석이는 다시 생각에 잠겼습니다. 그리고 우리 땅의 다이아몬드를 곰곰이 생각해 보았습니다.

'맞다, 인삼이다. 우리나라의 다이아몬드는 인삼이야!'

인삼은 다이아몬드 정도는 아니지만, 제법 값도 비싸고 우리나라에서 생산되는 인삼이 다른 나라에서 생산되는 인삼보다 효능도 뛰어나다고 하지 않던가? 그래서 대한민국 땅 곳곳에 인삼을 심으면 좋겠다는 생각이 들었습니다.

현석이는 즉시 인삼에 대해 알아보았습니다. 인삼은 사포닌을 비롯해서 아직 밝혀지지 않은 다양한 성분들이 우리 인간의 몸을 이롭게 한다고 나와 있었습니다. 그래서 우리나라 인삼은 예로부터 '코리아인삼'의 다른 말인 '고려인삼'으로 세계에 널리 알려져 있다고 합니다. 그리고 국가차원에서 '인삼공사'를 발족하여 다양한 인삼제품과 가공식품, 의약품을 만들어 그 가치를 높이기 위해 노력하고 있기도 했습니다. 허준 선생님께서 지은 '동의보감'에도 인삼의 다양한 효능들이 잘 나타나 있어서 한의학에서도 많이 활용되고 있다고도 나와 있었습니다. 최근에는 인삼의 주성분인 '사포닌'을 변환하여 개발한 흡수가 빠른 유산균도 분리해내서 만들어지고 있다는 소식도 나와 있었습니다.

현석이는 왠지 어깨가 으쓱해졌습니다. 드디어 대한민국의 다이아몬드를 찾아낸 것 같았습니다. 그래서 현석이는 다음 사회시간에 이렇게 과학적으로 증명된 인삼의 여러 가지 효능들을 정리하여 '인삼 효능 지도'를 만들어서 발표하기로 마음 먹었습니다.

"심봤다! 심봤다……."

현석이는 어디선가 들려오는 '심봤다'는 소리에 깜짝 놀라 잠에서 깨어났습니다.

'으응? 그래 맞았어! 인삼이 아니라 산삼이야! 대한민국의 다이아몬드는…….'

즉시 명희에게 문자를 보냈습니다.

"명희야, 내가 드디어 찾았어!"

"……."

"우리나라의 석유, 우리나라의 다이아몬드는 산삼이야!"

"……."

예로부터 산삼은 아프지 않고 오래살고 싶다는 사람들의

욕망과 불치병을 고치려는 사람들에게 귀한 대접을 받아왔고, 비싼 가격으로 거래되고 있음은 모두가 잘 아는 사실입니다. 그동안 가끔 오래된 산삼을 캐서 큰돈을 받았다는 뉴스를 보고 들은 적도 있습니다.

현석이는 산삼에 대해 더 찾아보았습니다. 재미있는 사실들이 많았습니다. 그동안 산삼을 캐러 다니는 '심마니'만 있는 줄 알았었는데, 일부러 산삼을 심으러 다니는 '농심마니'도 있다는 사실도 알게 되었습니다. 심지어 농심마니들 중에는 산삼을 산에 심으러 가기 전날 밤에 밤을 새며 술을 마시고 놀다가, 다음날 술이 덜 깬 상태에서 산에 올라가 산삼의 씨앗을 여기저기 심고 오기도 한다고 했습니다. 그렇기 때문에 산삼의 씨앗을 심은 사람도 어디에 심었는지 잘 모른다는 재미있는 이야기도 있었습니다. 오랜 옛날 중국의 진시황이라는 임금도 늙지 않고 영원히 살기 위한 '불로초'를 찾기 위해 우리나라에 많은 사람들을 보냈는데, 그게 산삼으로 짐작된다는 이야기도 있었습니다. 이처럼 신비의 약초인 산삼은 분명히 인삼과는 차원이 다른 우리 땅의 보물임이 분명해 보였습니다.

명희로부터 답 문자가 왔습니다.

"ㅎㅎ·· 산삼?"

"그래, 대한민국의 다이아몬드는 산삼이야!"

"그래서?"

"다음 사회시간에 발표할 거야!"

"뭐라고 발표할 건데?"

"이 세상 사람들 모두에게 존재 이유가 있듯이, 땅에도 다 존재할만한 이유가 있다고……."

현석이는 사우디아라비아에는 석유가 있고, 프랑스에는 포도, 그리스에는 올리브가 있다면, 대한민국 땅에는 산삼이 있다고 발표할 생각입니다. 더욱이 우리나라는 땅의 약 70%가 산지인데, 전국의 깊은 산 곳곳에 산삼씨앗을 심어서 '고려인삼'을 넘어서는 대한민국의 특산품으로 '코리아 산삼'을 키워내야 한다고 주장할 생각입니다. 그리고 사람의 발길이 닿기 어려운 험한 산에는 헬리콥터를 이용하여 산삼의 씨앗을 뿌리는 등 이를 더 큰 산업으로 발전시키는 노력을 해나감으로써 산삼을 '대한민국의 다이아몬드'로 차근차근 만들어나가야 한다고 발표할 생각입니다.

현석이의 머릿속에는 대한민국을 다녀가는 많은 외국 사람들의 손에 대한민국의 다이아몬드인 산삼제품들이 올망졸망 들려있는 그날이 떠올랐습니다. 현석이의 얼굴에 엷은 미소가 번졌습니다. ◼

☞ **작가의 말**

어린이들의 눈으로 본 세상은 티 없이 맑고 순수합니다. 아직 덜 영글었다고 무시할 일이 아닙니다. 모든 것들은 다 존재의 이유가 있습니다. 그렇다면 사우디아라비아 땅에는 석유가 있고, 프랑스에는 포도, 그리스에는 올리브가 있다는데. 대한민국 땅에는 무엇이 있을까요? 어떤 보석이 숨겨져 있을까요? 모두 함께 찾아봤으면 하는 마음입니다.

하느님도 실수를 해요?

"우르르르 우르릉 콰앙!"

"거 참! 소낙비 한 번 요란스럽게 떨어지네!"

한가하던 일요일 오후에 갑자기 천둥과 번개를 동반한 소나기가 쏟아졌습니다. 할아버지는 잠이 든 선욱이가 깰까봐서 살그머니 창문을 닫았습니다.

"선생님, 선생님……. 선생님!"

"왜, 왜? 선욱아!"

선욱이가 낮잠을 자다가 갑자기 '선생님'을 부르며 뒤척거리자, 할아버지께서는 선욱이가 잠을 더 자도록 조심스럽게 선욱이의 등을 다독거리셨습니다. 그런 할아버지의 따뜻한 손길에도 아랑곳없이 선욱이는 천천히 눈을 떴습니다.

"할아버지, 밖에 비가 와요?"

"응 그렇구나! 그런데 너는 웬 선생님을 찾는 거니?"

"제가 선생님을 찾았나요?"

"그래. 학교에서 무슨 일이 있었니?"

"……."

할아버지의 갑작스런 물음에 선욱이는 잠시 머뭇거렸습니다. 이러저런 생각들이 떠올라 갑자기 머리가 어지러웠습니다. 조금 전 꿈에서도 미처 시험 준비를 못했는데, 선생님께서 수학 쪽지시험을 본다고 하셨습니다. 선욱이는 학교에서 가끔 그런 크고 작은 실수들을 저지르는데, 부끄러워서 할아버지께 모두 말씀드릴 수가 없었습니다. 선욱이는 답답한 마음에 빗소리가 요란한 창밖을 내다보고 싶어서 벌떡 일어섰습니다.

그때였습니다. 선욱이가 조심스럽게 창문을 열려고 하는 순간, 갑자기 번개가 번쩍이더니, 금세 천둥소리가 산짐승이 으르렁거리며 달려들 듯 무섭게 울려 퍼졌습니다.

"우르르 우르르 우르르르 쾅!"

"아이 무서워!"

선욱이가 깜짝 놀라서 엉겁결에 무섭다고 소리쳤습니다. 이렇게 큰 천둥소리는 처음 들어보는 것 같았습니다. 할아버지께서도 놀라셨는지 벌떡 일어나서 창문 앞으로 뛰어오셨습니다.

"어허, 아마도 가까운 곳에 벼락이 떨어진 모양이구나!"

"……."

"괜찮다. 그냥 이리 와서 앉아라!"

할아버지께서는 놀란 선욱이를 다독이시려는 듯 자리에 앉히셨습니다. 그리고 여느 때처럼 이야기보따리를 풀어놓으셨습니다.

"선욱아, 너는 벼락을 왜 치는 줄 아니?"

"공중에 있는 전기와 땅 위의 물체에 흐르는 전기 사이에서……."

"잘 알고 있구나! 그런데 그건 과학에 바탕을 둔 사전적인 바른 답변이고……."

"……."

"옛날에 하늘나라에서 큰 죄를 짓고 도망쳐온 '천상개비'란 놈이 있었는데, 이놈이 자기 잘못을 뉘우치기는커녕 하늘에 대고 자꾸 욕을 하고 다녀서, 하느님께서 노하셔서 벼락으로 응징을 하려는 것이란다. 그런데 이놈이 어찌나 빠르게 이 사람에게 붙고, 저 나무에 붙으면서 돌아다니던지……. 그래서 늘 천상개비는 도망쳐서 살아남고, 천상개비가 붙었던 나무나 사람이 대신 벼락을 맞게 되는데, 때로는 벼락을 맞아 죽기까지 한단다. 그래서 하느님께서도 아무 때, 아무 곳에나 벼락을 내리치시는 게 아니라, 늘 주의를 기울여서 천상개비란 놈이 높은 건물이나 전봇대와 같이 살아있는 물체가 아닌 것들에 붙었을 때 주로 벼락을 내리치신단다. 그러니 사람은 특별히 죄를 짓지 않고 착하게 살면, 천둥과 번개를 무서워할 필요가 없단다."

"높은 건물이나 전봇대에는 피뢰침이 있잖아요?"

"그래, 우리 선욱이가 잘 알고 있구나! 그런데 가끔 하느님도 실수를 하시는 것 같다."

"하느님도 실수를 해요?"

"글쎄 잘 모르겠지만, 가끔 착한 사람이 벼락을 맞았다는 말을……."

할아버지께서는 말끝을 흐리셨습니다. 그러자 선욱이는 갑자기 자기도 가끔 실수를 많이 해서 늘 고민이라고 털어놓았습니다. 아까 낮잠을 잘 때도 지난번에 학교에서 실수했던 꿈을 꾸다가 일어났다고 말씀드렸습니다.

"그랬어? 선욱이가 가끔 하는 실수 때문에 걱정을 많이 했었나보구나! 네가 꿈을 꿀 정도로……."

"네. 할아버지!"

"우리 선욱이가 마음이 착해서 작은 실수도 쉽게 잊지를 못하는 것 같구나! 그러나 사람은 누구나 실수를 하며 자란단다. 너무 걱정하지 말거라. 다만, 똑같은 실수를 반복해서는 안 되겠지?"

"네, 할아버지! 그런데 하느님께서는 실수를 하시면 안 되잖아요?"

"안 되지. 그래서 하느님께서도 아무 곳에나 함부로 벼락을 내리치지는 않으신단다."

그러시면서 할아버지께서는 '착한 사람인데 벼락을 맞았다'는 말을 듣기는 했지만, '그 사람이 실제로 착한 사람이었는지, 하느님께서 실수를 하신 것인지는 잘 모르겠다'고 하셨습니다. 그리고 세상에서 아무리 착한 사람도 잠깐의 욕심과 잘못된 생각으로 실수를 저지를 수 있으니, 늘 조심해야 한다고 말씀하셨습니다.

"그런데 저는 조심을 하는데도 자꾸 실수를 하게 돼요."

"그래서 우리 선욱이가 걱정을 많이 하는가 보구나!"

"네, 할아버지. 그래서 조금 속상하고, 부끄럽기도 해요."

"그랬구나! 그런데 너는 같은 일에서 똑같은 실수를 여러 번 하니?"

"꼭 그런 건 아니지만……."

"그럼 됐지 뭐. 너무 걱정하지 마라. 차츰 좋아질 게다."

"……."

그러시면서 할아버지께서는 얼마나 많은 사람들이 실수를 하면서 살아가고 있는지 이야기를 해주셨습니다. 얼마 전에는

법을 집행하는 경찰관이 실수를 했다고 하셨습니다. 경찰청 사이버수사팀에서 영장을 발부받아 범죄자를 체포하기 위해 출동을 하였는데, 아파트 동호수를 잘못 찾아가서 '아무 죄도 없는 사람의 집 현관문을 강제로 열다가 문을 다 부셔놓기도 했다'고 말씀하셨습니다. 그리고 예전에 어떤 축구선수는 잠깐 착각을 해서 자기 팀의 골대에 골을 넣어버리는 실수를 하기도 하였답니다. 또 어떤 의사는 엉뚱한 환자의 맹장을 수술하기도 했다고 하셨습니다.

"실수한 사람들에 대해 더 많이 이야기해줄까?"

"하하하하하."

"할아버지가 들려준 어처구니없는 실수이야기가 재미있니?"

"네, 재밌어요. 그런데 법을 다루는 판사, 검사, 변호사도 실수를 하나요?"

"그럼. 그 사람들도 때때로 실수를 하지. 어떤 판사는… 어떤 검사는……. 어떤 변호사는……."

할아버지의 실수한 사람에 대한 이야기는 끝이 없었습니다. 판사가 법을 잘못 적용한 판결을 해서 재심으로 바로잡힌 이야기, 검사가 항소기일을 놓쳐서 1심 판결로 재판이 끝나버린 이야기, 변호사가 재판날짜를 까먹고 재판에 참석하지 않은 이야기…….

"그런데 이런 사람들이 똑같은 실수를 한다면 어떻게 될까?"

"……"

"그 경찰, 그 축구선수, 그 의사가……. 그 판사, 검사, 변호사가 똑같은 실수를 하게 된다면?"

"으윽! 그럼 큰일이지요."

"그렇지. 똑같은 실수를 반복하는 사람은 곤란하겠지?"

"네. 할아버지!"

할아버지의 이야기를 들으면서 선욱이는 마음이 조금 편해졌습니다. 다행히 똑같은 실수를 반복하지는 않는 것 같았기 때문입니다.

"그리고 실수가 꼭 나쁜 것만은 아니란다."

"네, 저도 '실수나 실패는 성공의 어머니'라는 말을 들은 적이 있어요."

"그래? 우리 선욱이가 제법인데……."

선욱이의 입가에 가느다란 웃음이 번졌습니다. 똑같은 실수를 반복하지 않는 게 중요하다는 할아버지 말씀이 마음속에 깊이 남았습니다.

"할아버지 감사합니다."

"아이쿠! 사랑스럽고 예쁜 우리 손자!"

할아버지께서는 선욱이를 꼬옥 껴안아주셨습니다. 그리고 할아버지의 이런 마음은 선욱이에게 고스란히 전해졌습니다.

"선욱아! 너 '빨간 머리 앤'이라는 소설을 알고 있니?"

"읽어보지는 못했지만, 언젠가 텔레비전에서 조금 본 것도 같아요."

"그래? 그럼 더 커서 그 소설책도 한 번 읽어봐라. 사람이 얼마나 많은 실수를 하고, 또 실수를 통해 성장하는지 알게 될 거야."

"네. 할아버지!"

할아버지께서는 환하게 웃으시며, 선욱이의 등을 가볍게 두드리셨습니다. 그리고는 선욱이의 양쪽 어깨를 꽉 붙잡으시더니, 선욱이의 또랑또랑한 눈망울을 쳐다보시며 말씀을 이으셨습니다.

"그런데 선욱아! 만약 누가 너에게 '너는 왜 맨날 실수를 하니?' 이렇게 물으면, 뭐라고 대답하겠니?"

"으음…… 사람은 누구나 실수를 할 수 있는 거야. 이렇게 말할 거예요."

"허허허. 이제 우리 선욱이가 많이 컸구나! 그런데 '빨간 머리 앤'은 그때 이렇게 대답했단다. '실수를 하지만, 나는 같은 실수는 하지 않아요. 이 세상의 모든 실수를 다 하고 나면, 더 이상의 실수는 없을 거예요.'라고……."

"와아……. 정말 당당하고 멋진 말이네요."

선욱이는 할아버지를 빤히 쳐다보면서 두 손을 꽉 쥐고, 두세 번을 가볍게 흔들었습니다. 자기 스스로 무언가 다짐을 하는 듯 했습니다. 그리고 할아버지와 선욱이는 약속이나 한 듯 일어서서 웃는 얼굴로 창문 앞에 섰습니다. 그 사이 번개와 천둥이 함께 하던 거센 빗줄기도 멈추어 있었습니다. 멀리 무지개 한 쌍이 곱게 떠서 예쁘게 웃고 있었습니다. ■

> ☞ **작가의 말**
>
> 사람은 누구나 실수를 하며 삽니다. 다만 똑같은 실수를 반복해서는 안되겠지요? 그 말은 '실수를 통해서 배운다'는 것이지요. 우리가 이 세상에서 할 수 있는 실수들을 모두 한 번씩 다 해볼까요? 그러고 나면 이제다시 실수할 일도 없어지겠네요? 그러면서 크게 한 번 웃어봅니다.

철석이의 만우절

"아함, 따분해."

벽시계가 학교 종소리만큼 큰 소리로 '땡땡땡……'하고 종을 여덟 번 친지가 꽤 오래 되었건만, 철석이는 아직 학교에 갈 생각은 않고 팔을 베고 누워 텔레비전만 뚫어지게 바라보고 있었습니다. 그러다가 따분한지 저절로 나오는 하품을 참지 못하고 입을 크게 한 번 벌렸습니다.

어쩐지 오늘은 학교에 가기가 싫은 모양입니다. 철석이는 형들이 커서 돈을 벌려고 모두 도시로 나갔기 때문에 엄마와 둘이서만 살고 있었습니다.

그런데 어머니마저 아침 일곱 시경에 '버섯 따는 일'을 하러 나가셨기 때문에 철석이에게 '어서 학교에 가라'고 다그치거나 말을 해줄 사람은 아무도 없었습니다. 그래서 철석이는 자기의 게으른 성미대로 그냥 늘어져 있는 것입니다. 어서 학교에 가서 아침활동도 해야 할 텐데 말입니다.

텔레비전에서는 유치원 어린이 프로그램이 끝나고, 어머니들을 대상으로 하는 프로그램이 진행 중이었으니, 또 다시 하품이 나올만도 하였습니다. 그때 마침, 텔레비전에서 철석이의 입맛에 꼭 맞는 말이 귀를 때리며 들려왔습니다.

"오늘 4월 1일은 '만우절'이기도 하지요? 구미 각국에서는 이 날은 '거짓말로 남을 속여도 너그러이 봐주는 날'이라고 하여 서로 속이고 즐기는 풍습이 있어 왔는데, 최근에는 우리나라에서도 이런 풍습이 퍼져있다고 합니다."

프로를 진행하고 있던 남자 아나운서의 말을 받아서 여자 아나운서가 '그렇다고 112나 119 등에 전화를 하여 바쁜 경찰관이나 소방관들에게 장난전화를 하여 속이는 일들이 있어서는 안 된다'는 주의의 말도 잊지 않고 곁들였습니다.

그러나 철석이는 '남을 속일 수 있다'는 말에만 입맛이 돋우어 귀에 담았을 뿐, 여자 아나운서의 주의의 말은 귀에 들어오지도 않았습니다. 갑자기 기운이 난 철석이는 뜨거운 다리미에 엉덩이를 덴 사람처럼 자리를 박차고 일어나더니, 잽싸게 텔레비전 코드를 뽑고는 꼬박 하루 동안 잠을 자고 있던

가방을 들쳐 메고는 학교로 향했습니다.

'누구에게 거짓말을 해서 골탕을 먹이지?'

머릿속은 온통 그 생각뿐이었습니다. 반장인 재욱이, 회장인 상진이, 새침데기 미자, 얌전이 희숙이가 얼른 머릿속에 떠올랐습니다.

"맞았어. 희숙이가 좋겠어."

철석이는 스스로 기가 막힌 결정을 하였다는 듯 크게 소리를 지르면서, 오른 손으로 자기 엉덩이를 한 대 갈기고는 힘껏 달렸습니다. 신바람이 난 철석이는 콧노래까지 부르며, 토끼처럼 깡충깡충 뛰면서 학교로 가는 길을 재촉하였습니다.

희숙이도 철석이네처럼 아들들은 모두 커서 돈을 벌기 위해 도회지로 나가고, 어머니와 둘이서만 살고 있었습니다. 그래서인지 철석이 어머니께서는 뭐든지 철석이를 희숙이와 비교해서 말씀을 하시곤 합니다. 이때 두고 쓰시는 말씀이 있습니다.

"뒷집의 희숙이는 행실이 얌전하고, 공부도 잘 해서 상도 잘 타오는데, 너는 부끄럽지도 않느냐? 희숙이의 반몫만 해라."

철석이 어머니는 어쩌다가 일이 고되고, 철석이가 말썽을 피우는 날에는 한참을 야단치시다가 끝내는 희숙이와 비교하여 심하게 놀리시는 말씀도 서슴없이 하시곤 합니다.

"옜다, 희숙이 똥구멍이나 빨아라."

그런 얌전이인 희숙이를 오늘 만우절에 골려줄 생각을 하니, 신바람이 아니 날 수가 없었습니다. 철석이도 자기 속으로는 잘한다고 하는데, 어머니께서는 자꾸 희숙이와 비교하며 야단을 치서서 생병이 날려고 할 때가 많았습니다. 그렇기도 하여서 지금 철석이의 머릿속은 온통 희숙이에게 거짓말을 해서 골탕을 먹일 생각이 들녘의 봄기운처럼 가득 차 있었습니다.

학교 교문에 들어섰더니, 운동장에는 마치 철지난 해수욕장의 모습처럼 몇 사람만이 띄엄띄엄 놀고 있었습니다. 운동장을 지나 교실로 들어서니, 아이들은 서로들 아침활동 문제지의 정답을 대조하느라고 야단들이었습니다.

항상 조금 늦게 와서 아침활동을 요령껏 해서 내는 철석이의 등장에는 어느 누구도 눈길을 주지 않았습니다. 철석이는 자리에 앉자마자, 대뜸 희숙이에게 말을 걸었습니다.

"희숙아, 너희 어머니가 빨리 좀 왔다 가라고 하더라."

"무슨 일로?……. 우리 어머니 병원에 가신다고?"

철석이는 희숙이가 '무슨 일로?'라고 되묻는 말에 잠시 멈칫했으나, 스스로 답변이라도 하듯 '병원에 가신다고?'라는 말이 나오자, 조금 마음이 가라앉았습니다. 그러나 희숙이가 깜짝 놀라며 '병원'이라는 말을 건드리자, 아이들 모두의 시선이 철석이 쪽으로 쏠렸습니다.

"으응……. 그러신다고 하더라."

철석이는 이왕 내친 김에 거기까지 대답하고 말았습니다. 그러자 희숙이는 아이들의 걱정 속에 '선생님께 말씀 좀 올려주라'는 말을 남기고, 걱정스런 표정을 지으며 종종걸음으로 아이들의 시선에서 빠르게 멀어져갔습니다.

철석이는 평소에 그렇게도 꼼꼼하던 희숙이가 쉽게 속아 넘어가는 것이 너무나 고소하여 정말로 웃음이 나오려고 하는 것은 꾹 참았습니다. 한참 뒤에 선생님께서 교실에 들어오셔서 희숙이를 찾으셨습니다.

철석이는 희숙이를 찾으시는 선생님의 말씀에 가슴이 두근거려 눈치를 살피고 있었는데, 반장인 재욱이가 희숙이의 사정을 대강 말씀드렸습니다. 선생님께서는 곧 결재를 받아야 하신다면서 희숙이가 오늘까지 써와야 하는 '과학 글짓기'를 해왔는지 책가방을 뒤져보라고 하였습니다. 반장인 재욱이가 열심히 찾았지만 찾지 못하자, 선생님께서 직접 희숙이의 가방을 열어 보셨습니다.

"누가 희숙이 마을에 살지?"

"철석이가 희숙이 앞집에 살아요."

아마도 글짓기를 해온 것이 없나봅니다. 아이들이 손가락으로 철석이를 가리키며 입을 모아 말했습니다. 철석이는 흠칫 놀라면서 손을 내저으며 말했습니다.

"아니요, 저…… 아니어요."

"뭐가 아니야? 희숙이 앞집에 살지 않는단 말이냐?"

"아니요. 희숙이 앞집에 살아요."

철석이는 자신이 지은 죄가 있어서인지 토끼몰이에서 몰린 산토끼처럼 갈팡질팡 어찌할 바를 모르고 있었습니다. 선생님께서는 '무슨 말인지 모르겠다'고 하시며 웃으셨습니다.

"그럼 철석이가 빨리 달려가서 희숙이에게 과학글짓기 어떻게 했는지 알아보고 오너라. 빨리 와야 한다."

"네? 제가요? 선생님!"

"네가 희숙이 앞집에 산다고 하지 않았어?"

"네, 맞아요."

"그래서 선생님이 네게 부탁을 하는 건데……."

"아휴우……. 알겠습니다. 선생님!"

철석이는 선생님의 말씀에 겨우 대답을 하고 밖으로 나왔습니다. 저절로 긴 한숨도 터져 나왔습니다. 곧 무슨 일인가 터질 것 같은 불안감이 파도처럼 밀려와 철석이의 몸을 휩쌌기 때문이기도 했습니다.

그렇지만 이제 철석이는 어쩔 수가 없었습니다. 선생님의 말씀과 표정을 보더라도 희숙이를 빨리 데려와야 할 것은 불을 보듯 뻔한 일이었으니까요. 철석이는 희숙이를 데리러 집으로 가면서 여러 가지 생각을 했습니다.

'희숙이가 내 거짓말에 왜 그렇게 쉽게 속아 넘어갔을까? 더 자세히 묻지도 않고 허둥거리며 사라졌단 말이야?'

아무리 생각을 해봐도 평소의 차분한 희숙이의 태도가 아니었습니다. 희숙이가 먼저 '병원에 가시려고 그러더냐?'고 묻는 것으로 보아서, '희숙이 어머니가 정말로 편찮으신 것은 아닐까?'하는 생각도 들었습니다.

'아니야, 내가 집에서 늦게 학교로 나설 때, 희숙이 어머니는 마당에서 무슨 일을 하시면서 왔다 갔다 하는 모습이 울타리 사이로 보였었는데……'

아무튼 그렇게 조목조목 조리 있게 따지고, 꼼꼼하게 일을 처리하는 희숙이가 내게 일부러 속아 넘어간 것이 아닌지 의심스러워지기까지 했습니다.

'혹시 선생님께서 해오라고 한 과학글짓기를 안 해 가지고 와서 나 에게 속은 척하고 사라져버린 것은 아닐까?'

그럴 리는 없겠지만, 만약 그렇다면 이건 정말 큰일이라고 생각되었습니다. 철석이의 발걸음이 점점 빨라지더니, 이내 뛰기 시작했습니다. 어디선가 희숙이가 '툭' 튀어나올 것만 같았습니다. 한편으로는 남을 골탕 먹이려고 했던 자신의 행동이 잘못이었음을 뉘우쳐 보기도 했습니다. 뛰고 있던 철석이의 머릿속에는 희숙이의 얼굴과 선생님의 얼굴이 연달아 떠오르면서, 한편의 영화가 만들어지고 있었습니다.

거의 동네에 다 이르렀을 때였습니다. 저만큼에서 희숙이가 걸어오는 모습이 보였습니다. 무척 화가 난 걸음걸이 같기도 하고, 힘이 빠져있는 걸음 같기도 했습니다. 철석이는 희숙이가 보이자 반가웠지만, 곧 어떤 사건이 터질 것 같은 두려움에 얼른 몸을 숨기고 말았습니다.

희숙이가 가까이 오자, 철석이는 머리를 긁적이며 천천히 일어섰습니다. 희숙이가 깜짝 놀라면서 흠칫거리며 멈춰서더니, 곧 철석이임을 확인하고는 눈썹을 논에 모를 심듯 세웠습니다. 그리고는 한참을 눈 끝으로 흘겨보다가, '흥' 소리를 내뱉고는 학교로 향했습니다.

"희숙아, 미안해."

철석이는 뛰어가서 희숙이를 가로 막으며 힘없이 말했습니다. 그러자 희숙이는 다시 한 번 철석이의 얼굴을 흘겨보더니, 다시 집 쪽으로 되돌아 가버리는 것이었습니다. 철석이는 깜짝 놀라며 되돌아가서 희숙이를 막아섰습니다. 희숙이가 학교를 안가는 날이면 이건 정말큰일이었으니까요.

"희숙아, 미안해. 정말 미안해."

"뭣이 미안하냐?"

"내가 잘못했어."

희숙이의 앙칼진 목소리로 보아 단단히 화가 나 있음이 분명하였습니다. 철석이는 집 쪽으로 향하는 희숙이의 앞에서 가재처럼 뒷걸음질을 치며 말했습니다.

"잘못인 줄 아는 애가 남을 골탕 먹여? 그것도 우리 어머니가 병원에 가신다고? 기가 막혀서……."

"내가 먼저 병원이야기를 꺼내더냐? 네가 먼저 병원이야기를 꺼내니까, 내가 엉겁결에 그냥 그렇다고 한 것뿐인데……."

희숙이는 정말 학교를 안 가버릴 모양인지 철석이를 비켜 돌아서 계속해서 집을 향해 걸어갔습니다. 철석이는 희숙이 뒤를 졸졸 따라가며 계속 말을 걸었습니다. 다른 때 같으면 싫은 소리도 하고, 주먹질을 해버렸을지도 모릅니다. 그렇지만 지금은 풀이 죽어서 말소리조차도 힘이 없었습니다. 만약에 희숙이가 학교를 가지 않고 그냥 집으로 되돌아가버린다면, 희숙이 어머니께서는 더 크게 화를 내실 것입니다. 그리고 이런 일을 알게 된 철석이 어머니께서도 덩달아서 그 갑절의 화를 내실 것이 분명한 일이었으니까요. 더욱이 이 사실을 아신 선생님께서 더 크게 실망하실 일을 생각하니, 눈앞이 캄캄해지기까지 하였습니다. 이러한 철석이의 마음을 아는지 모르는지 집으로 향하는 희숙이의 발걸음은 계속되었습니다.

"너, 과학글짓기 안 해가지고 왔지? 그래서 집으로 가버리지?"

철석이는 다급한 나머지 불쑥 억지 말까지 해 버리고 말았습니다. 그래도 희숙이는 아무 대꾸도 않고 걸음을 재촉했습니다. 철석이는 겁이 나고, 한편으로는 정말 자존심이 상했습니다. 그렇지만 한 번 더 능청을 떨기로 마음먹고, 희숙이의 앞을 가로 막고 섰습니다.

"에이, 희숙아! 정말 미안하다. 그래서 이 엉터리 철석이가 이렇게 너를 데리러 여기까지 왔잖아. 그리고 오늘은 만우절인데……."

철석이는 자기가 일부러 희숙이를 데리러 온 것처럼 꾸며대며, 희숙이를 달랬습니다. 그러다가 하마터면 '속은 네가 바보지.'하고 말해버릴 뻔했습니다.

"뭐, 만우절?……."

"그래, 오늘이 만우절이야! 그래서 내가 장난삼아 거짓말을 한 것이 이렇게 되었으니 용서해 주라! 응?"

희숙이는 만우절이라는 말에 깜짝 놀라는 눈치였습니다. 그리고 그제야 희숙이의 얼굴이 조금 풀리는 것 같았습니다.

"아침부터 우리 어머니께서 편찮으셔서 걱정을 하며 학교에 왔었는데, 철석이 네가 그렇게 거짓말을 했으니……. 내가 안 믿게 생겼냐?"

"그래, 미안하다. 희숙아!"

"그래. 그래도 네 덕에 집에 가봤더니, 우리 어머니께서는 집안에서 일을 하고 계시더라. 그러니 학교에서 하루 종일 걱정하지 않아도 되었으니 그 점은 좋다."

희숙이가 술술 말을 하기 시작하자, 철석이는 무슨 큰일이라도 해결한 것 같아 가슴이 후련했습니다. 그때 문득 '과학글짓기' 생각이 났습니다.

"그런데 너 과학글짓기 했냐?"

"아 참, 다 써 가지고 선생님 책상 위의 지도서 밑에 넣어 두었는데……. 선생님께서 보셨는지 모르겠다."

"지도서 밑이라면 선생님께서 보셨을 것 같다."

"그러셨을까?"

"우리 빨리 학교나 가자."

누가 먼저라고 할 것도 없이 두 사람은 모두 뛰기 시작했습니다. 마치 무슨 내기라도 하듯이 말입니다.

"오늘 있던 일은 비밀로 해주라, 희숙아!"

"알았다 이 엉터리 거짓말쟁이야!"

"역시 넌 칭찬받을만한 얌전이다, 얌전이!"

"뭐야?"

이때 이름 모를 작은 산새 몇 마리가 '쒸이쒸이' 소리를 내며, 철석이와 희숙이의 머리 위를 날고 있었습니다. 희숙이의 투정어린 대꾸도 산새소리에 실려 먼 하늘로 메아리처럼 흩어지고 있었습니다. ■

☞ **작가의 말**

우리는 보통 '아이들은 거짓말을 안 한다.'고 말합니다. 우리 어린이들의 순수한 마음은 거짓이 없다는 말이겠지요. 그런가하면 '사내자식이 집을 나설 때는 갈모 하나와 거짓말 하나는 가지고 나서야 한다.'는 말도 있습니다. 이는 '남자는 비가 올 때 급하게 쓸 갈모와 급할 때 둘러댈 거짓말 하나씩은 갖추고 다녀야 한다.'는 말입니다. 그렇다고 거짓말을 권장할 수는 없는 일이겠지요? 왜냐하면 거짓말은 또 다른 거짓말을 낳기 때문입니다. 여러분들과 함께 거짓 없는 세상을 꿈꿔봅니다.